KB240185

고통은 지나가지만
사랑은 남는다

고통은 지나가지만 사랑은 남는다

지은이 ㅣ 김광훈
본문그림 ㅣ 배명식
펴낸이 ㅣ 임종대
펴낸곳 ㅣ 미래문화사

찍은 날 ㅣ 2007년 1월 3일
펴낸 날 ㅣ 2007년 1월 8일

등록 번호 ㅣ 제3-44호
등록 일자 ㅣ 1976년 10월 19일
주소 ㅣ 서울시 용산구 효창동 5-421
전화 ㅣ 715-4507/ 713-6647
팩시밀리 ㅣ 713-4805
E-mail ㅣ miraebooks@korea.com
　　　　 mirae715@hanmail.net

ⓒ2007, 미래문화사
ISBN 89-7299-331-X 03810

고통은 지나가지만
사랑은 남는다

김광훈 지음

미래문화사

생업에 바쁘거나 사람 사이의 관계를 유지하기 위해서 시간과 돈을 투자하다 보면 인생에서 가장 중요한 것이 무엇인지 잊어버릴 때가 있다.

자신이 무슨 일을 하든지 사람이란 연륜이 더할수록 사람으로서의 짙은 향기를 풍기도록 노력해야 한다.

생존을 위해 해결해야 하는 눈앞의 이해관계나 문제를 소홀히 할 순 없지만 그럼에도 때때로 발 밑에 핀 노란 민들레를 보기 위해 잠시 발길을 멈추는 여유와 다른 사람들에 대해 생각할 시간을 가져야 한다. 이 책은 그런 생각의 단초를 제공하고자 쓴 것이다. 이십여 년간 사랑하고 아끼던 사람들과의 교류와 삶의 전장을 누비며 체득한, 결코 녹록지 않은 땀과 눈물의 산물이다.

. 사실 이런 글을 쓴다는 것이 개인적으로는 부담이 될 수도 있다. 훌륭한 인격, 사회적으로 인정받는 사람, 높은 지위를 성취한 분들이 많은 까닭이다. 그럼에도 마크 트웨인처럼 용기를 내 글을 쓰는 이유는 그동안 크고 작은 실패와 성공을 통해 성공의 비결은 아직 잘 모르지만 최소한 '실패하는 방법'은 잘 안다고 할 수 있기 때문이다.

이 책에 나온 사례들은 가능한 한 '몸이 검증한 것'에 국한하려 노력을 많이 했으며 세계 각국 사람들과의 교류를 통해 직접 듣고 대담한 내용을 포함하려 했다. 필자 자신도 확신할 수 없거나 경험하지 않은 삶의 지혜를 전달할 수는 없기 때문이다.

모쪼록 이 책 가운데 갈급한 심정으로 애타게 찾던 지혜를 만나 독자 여러분의 인생에 획기적인 전환이 마련되기를 간절히 바란다.

특히 독서백편 의자현이라는 말이 무색할 정도로 한 자 한 자 정성을 다해 그 의미가 충실하고도 절실하게 독자의 가슴에 와 닿을 수 있도록 수많은 밤 탈고에 탈고를 거듭한 아내의 노고와 출판을 맡아준 미래 문화사에 깊은 감사를 드린다.

또한 이 글을 쓸 수 있도록 많은 영감과 지혜를 가르쳐 준 위인들과 시대를 앞서간 동서고금의 현자들이 부족한 필자의 자취는 감추고 모든 영광을 받을 수 있기를 바라며 서문에 가름한다

2006년 겨울 앞에서

김 광 훈

목차

Chapter · 1

위기는 기회다

Crisis is opportunity

Chapter · **2**

휴머니즘의 기술
The Art of Humanism

$Chapter \cdot 3$

사랑에 관한 짧은 글 긴 여운
A short word about love lasting long

Chapter · 4

인생을 예술처럼
Live an art-like life

Chapter · 5

성공한 사람은 남다르다
Successful people are different

$\mathcal{C}$hapter · **6**

무형 자산이 중요하다
Intangible Asset is more Important

$\mathcal{C}$hapter · **7**

남녀의 사랑은 인류를 밝히는 등대
Love is the lighthouse that provides a guiding light to us all

인간은 갈대,
즉 자연에서 가장 약한 것에
지나지 않는다.
그러나 인간은 생각하는 갈대이다.
- B. 파스칼

Man is but a reed,
the weakest in nature,
but he is a thinking reed.
- B. Pascal

Chapter · 1

위기는 기회다

Crisis is opportunity

보이지 않는 사람들의 행복

김 광 훈

인생은 고해라지만
즐거움도 있다네

지나가는 여인들의
향기도 맡아보세

태양 아래
수고한 후 먹는
수박의 맛

진정 사랑하는
여자와의 데이트

여자들의 웃음소리도 들어보세
그들은 이 외로운 행성의
등대라네

바람에 흔들리는
데이지도 바라보세

해질 무렵 자동차로
자유로도 달려 보세

그녀의 손을 처음 잡는 건
저 영겁의 우주와의 연결이라네

Happiness for the Invisible People

Kwang H. Kim

Life is troubled waters
but there is also pleasure

Smell the scent of women
Passing by

What a great taste of
water melon eating after
the toil under the Sun

Feel so happy
when asking out a girl
I really love

Listen to women's laughter
They are the lighthouse of our lives
in this solitary Planet

Behold the daisies
fluttering in the breeze

Drive through the Free Way
watching the sunset.

When you first hold her by the hand
It's the connection to the Universe

사과 재배업자의 역전 드라마
The instantaneous reversal of an apple grower

미국인 친구에게 들은 이야기다.

어느 사과 재배업자가 갑자기 큰 곤경에 빠졌다. 사과 출하를 앞두고 갑자기 우박이 내려 대부분의 사과가 상처를 입게 되었다. 이미 수많은 고객으로부터 주문을 받아 놓은 상태였기 때문에 고민을 하지 않을 수 없었다. 그대로 출하했다가는 성난 고객들로부터 반품을 받을 것이기 때문이었다.

사과의 맛을 보니 오히려 더 좋았다. 그래서 고객들에게 사과를 보내면서 짤막한 글도 함께 보냈다.

"고산 지대에서 재배된 사과라서 갑자기 추워진 날씨로 내린 우박이 사과의 육질을 좋게 하고 더 당도를 높여 어느 사과도 필적하지 못하는 맛을 냅니다. 사과의 작은 반점들은 고산 지대에서 재배했다는 증거입니다."

그 결과, 아무도 사과를 돌려보내지 않았으며 다음해에는 오히려 우박 자국이 있는 사과를 요구하는 주문이 압도적으로 많았다고 한다.

인생에도 이런 일들이 많다.

직장 생활에는 적응하지 못했지만 자영업으로 전환해 큰 사업가가 된 사람도 적지 않다. 적응에 실패하는 것은 분명 위기 상황이다. 그럼에도 절대 포기하면 안 된다. 이유는 항시 반전이 있기 때문이다.

모든 것이 순조로울 때는 충분히 즐기는 반면에 악운이 생겼을 때는 은인자중하며 물러갈 때까지 기다릴 수밖에 없다.

미국인들이 중국식 표현 중 가장 좋아하고 자주 인용하는 말 가운데 '위기' 라는 것이 있다. 위기crisis라는 말을 분석해 보면 위험danger과 기회opportunity라는 뜻이다. 즉 위험하기는 하지만 기회가 되기도 한다는 것이다.

위기가 닥칠수록 정신을 가다듬는 지혜가 필요하다.

거절은 다른 곳을 찾아보라는 신호에 불과하다
Rejection only means to look for another place

　초등학교 시절 교과서에 세상에서 가장 무서운 것이 무엇인가에 대해 토론하는 내용이 있었다. 수소 폭탄을 포함해 여러 가지가 나왔지만 '망각'이 가장 무서웠던 것으로 기억한다. 망각 속에 묻힌다는 것은 분명 무서운 일임은 틀림없지만 인간에게는 망각이 있기 때문에 살아갈 수 있는 것이다.

　사랑하는 사람을 잃는 것, 명예를 잃는 것 등 인생을 살다 보면 좋은 일만큼이나 나쁜 일이 생기게 마련이다. 그걸 잊지 못하면 인간은 정신분열증에 걸릴지도 모를 일이다.

　망각이 있기 때문에 참고 견딜 수 있는 것이다.

　필자 생각에는 죽음을 제외하고 가장 무서운 것은 '거절당하는 것'이다.

　사업상의 제안을 했거나 사랑하는 사람에게 구애를 했을 때 거절당하는 것은 치명적이다. 자존심에 상처를 받는 것은 차치하고라도 그의 호의를 영원히 얻지 못한다는 사실이 괴로운 것이다. 실연 당했을 때 자살의 충동을 느끼지 않은 사람은 별로 없을 것이다. 그만큼 거절은 사람들에게 깊은 상처를 주는 두려운 일이다.

　거절을 두려워하지 말자.

　포기만 하지 않는다면 거절은 흔히 또 다른 성공의 실마리가 되는 수가 많다.

유럽 여행 중에 장티푸스typhoid fever에 걸려 사랑하는 아들을 잃은 미국인 부부가 있었는데 상심이 큰 나머지 아들을 영원히 기념하고 싶은 방법을 찾게 되었다. 무덤을 호화롭게 하기보다는 교육에 투자하는 것이 좋을 것으로 판단되어 당시 하버드 대학교 총장이던 찰스 엘리엇을 찾아가 상의했다.

엘리엇 총장은 그들의 행색으로 보아 장학금이나 전달할 것으로 판단하고 큰 관심을 보이지 않았다.

자신들의 제의가 사실상 거부된 데 실망한 이 부부는 그들이 소유하고 있던 캘리포니아의 Palo Alto 농장 부지 위에 당시로써는 천문학적인 거액인 2,600만 달러를 투자해 대학교를 설립했으니 이 학교가 바로 스탠퍼드 대학교다. 하버드 대학교를 가리켜 동부의 스탠퍼드라는 말이 있을 정도니 이 학교의 명성을 가히 알 만하다.

당시로써는 드물게 남녀공학을 실시해 여성들에게도 균등한 교육기회를 주었고 종교 기관의 성격에서 벗어나 실용학문을 강조해 대학 교육계에 찬란한 금자탑을 쌓았다.

실패했을 때는 성공한 순간을 생각하라
Think of the glorious moment of success when you fail

실패는 절반의 성공이다.

쓰라린 경험이 남기 때문이다. 이런 경험을 철저히 활용하지 못하는 것이 진짜 실패다. 실패하지 않는다는 것은 성장을 멈추었다는 것을 의미한다.

잘못은 누구나 저지른다.

중요한 것은 같은 잘못을 저지르지 않는 것이다. 일이 잘못되는 것은 준비 부족과 능력 부족 때문이라고 하는데 능력 부족은 어느 정도 용서가 되지만 준비 부족은 용서될 수 없는 것이다. 마치 전투에서 진 지휘관은 용서받을 수 있으나 경계에 실패한 지휘관이 용서받지 못하는 것과 같다.

실패를 너무 심각하게 받아들이면 궤양만 생기게 마련이다. 누구나 실패하지만 어떻게 받아들이고 이를 활용하느냐에 따라 인생의 성패가 갈리는 것이다.

에디슨도 실패할 때마다

"나는 실패한 것이 아니라 실패하는 10,000가지 방법을 발견한 것뿐이다."

라고 하며 결코 실망하지 않고 연구에 몰두한 결과 축음기, 영

사기, 축전기, 전구 등 1,000여가지의 특허를 얻어 불멸의 이름을 남겼다.

중국 당나라 때의 시인인 가도 역시 과거 시험에 수차례 실패하는 등 인생의 희망이 없는 듯 보였으나 절망하지 않고 시작에 몰두한 결과 시인으로서 불후의 이름을 남겼다. 특히 시어 하나하나에 최상의 단어만 고집한 것으로 잘 알려져 있다.

나귀를 타고 가면서 시어 선택에 고심하다 낙양시장의 행차를 방해하는 결례를 범했는데 당시 시장이던 한유는 사연을 듣고 화를 내기는커녕 함께 고민하다 밀다는 '퇴' 보다는 두드린다는 의미를 가진 '고' 가 좋을 것이라고 충고한 일화는 유명하다.

여기에서 문장을 가다듬는다는 '퇴고' 라는 말이 나온 것이다.

타성의 무서움
The danger of being stuck in a rut

인간은 변화를 좋아하기도 하지만 현실에 안주하고 싶어한다. 이건 본능이라 해도 좋다.

그러나 우리가 타성에 젖는 동안 소리 없이 변화가 일어나 우리가 그것을 깨달았을 때에는 미처 대처할 수 없는 경우가 많다. 타성이 얼마나 무서운지를 보여주는 사례 몇 가지가 있다.

개구리를 삶아 먹는 요리가 있는데 처음부터 뜨거운 물을 사용하면 개구리가 뛰쳐나와 요리를 할 수 없다고 한다. 그래서 처음에는 개구리가 좋아하는 미지근한 물로 시작해 점점 온도를 높이면 나중에는 뜨거워져도 개구리는 나올 줄을 모른 채 서서히 죽어간다는 것이다.

서커스에서 코끼리는 필수다.

어른 코끼리를 묶어두는 줄이 너무 가늘어 많은 사람이 놀란다. 그러나 어른 코끼리가 끈을 끊고 달아나는 일은 없다는데 그 이유는 아기 코끼리 때부터 줄을 끊을 수 없다고 끊임없이 학습되어 왔기 때문이라고 한다.

지금은 농약이 많이 사용되어 논에 미꾸라지가 별로 없고 추어탕 집에서 쓰는 것들은 대개 양식한다고 한다. 그러나 예전에는 논에 미꾸라지가 적지 않았다.

미꾸라지를 논에서 키울 때 한 쪽에는 메기를 같이 넣어 기르고 다른 쪽에는 메기를 넣지 않고 키우면 메기를 함께 넣어 키운 쪽에 있던 미꾸라지가 더 살도 찌고 활발하다는 이야기가 있다. 메기에게 잡혀 먹히지 않으려고 부지런히 돌아다녀 운동량이 많다보니 먹이도 더 섭취해 몸이 건실해진다는 것이다. 이는 이병철 회장이 이건희 회장에게 들려준 얘기라고 한다.

반도체에서 수조 원의 당기 순이익을 올릴수록 이 회장은 오히려 위기라며 직원들이 해이해지지 않도록 각별한 노력을 아끼지 않은 것으로 알려져 있다.

무차입 경영과 '마른 수건도 다시 짜는' 경영으로 유명한 도요타의 사장은 6,000억 엔의 대규모 흑자를 낼 때도 회사가 위기라고 직원들을 독려했다. 성공한 후 한숨을 놓고 있을 때 오히려 일격을 맞는 수가 있다.

별을 따려던 사람이 진흙을 움켜쥐지는 않을 것이다
You will not end up getting dust when you try to reach stars

　어떤 분야에 능력이나 기량이 뛰어나면 당연히 성공 확률은 높아지지만 요즘은 어느 분야든 피나는 노력을 하는 사람이 많아서 성공하기가 쉽지 않다. 그러다 보니 많은 사람이 시도도 해보기 전에 실패했을 경우의 변명을 준비하기에 바쁘다.

　실패하면 실망하는 것은 인지상정이지만 그렇다고 시도하지 않으면 우리의 운명은 다한 것이다. 그래서 어느 명사는 별을 따려던 사람은 진흙을 움켜쥐지는 않을 것이라는 말을 남겼다. 이렇게 시도하는 것은 성공을 향한 위대한 첫걸음이다.

　전 미 하키 리그 사상 최다 골을 기록한 바 있는 웨인 그레츠키는
"슛을 하지 않고는 절대로 득점할 수 없다."
고 말한 바 있다. 당연한 말이지만 이것조차 실천 못하는지 우리를 돌아봐야 한다.
성공 확률이 높지 않다 해도 최선을 다해 슛을 해야 한다. 완벽한 찬스를 기다리다 보면 어느새 경기 종료 시각이 될 수 있다. 많은 사람이 시도도 해보지 않고 안 된다고 믿기에 성공의 확률을 더욱 낮추고 있다.

　어떤 청년이 몇 년 동안 복권에 당첨되기를 기도했다고 한다. 계속 기도만 하자 답답한 나머지 하나님이 말씀하셨다.

"제발 복권을 사야 당첨을 시켜 줘도 줄 게 아니냐?"

시도하지 않고는 아무것도 이룰 수 없다. 저절로 되는 것은 없는 것이다.

맹자도 일이란 쉬운 것인데도 어렵다고 생각하며 시도하지 않기 때문에 어려운 것이라는 말을 남겼다. 물론 어려운 일도 있다. 그러나 어려운 일보다는 역시 쉬운 일이 더 많은 것이다.

자연 현상을 제외하고 인간의 일이란 저절로 되는 것은 없다. 정도의 차이는 있지만 의식적이고 지속적인 노력의 산물이다. 낙천적일 필요가 있지만 지나친 낙관은 금물이다.

지나친 낙관이란 출항시키지도 않은 배가 돌아오기를 기대하는 것이나 경주에 출전하지도 않은 말scratched horse에 돈을 거는 것과 같다.

누구나 무명 시절은 있다
Everybody has his time of obscurity

　맥도널드는 코카콜라와 더불어 미국을 대표하는 식품업계의 거인이다. 북한과 쿠바를 제외하고 전 세계에서 판매나 생산이 되고 있지 않나 생각한다. 그런 대기업의 창업자도 한 때는 가족을 부양하기 위해 종이컵을 팔러 이 집 저 집을 전전했고 부업으로 밤에는 레스토랑에서 피아노를 치기도 했다.

　누구나 이런 무명 시절이 있다. 코미디의 황제라 불리는 이주일의 무명 시절은 더욱 눈물겹다. 그는 스타로 부상하기까지만 해도 금호동의 판잣집에서 '무능한 가장'으로서 인고의 나날을 보내고 있었다.

　강제규 감독은 우리에게 은행나무 침대, 쉬리, 게임의 법칙 등으로 잘 알려져 있지만 그 또한 무명시절에는 판잣집을 전전할 정도로 어려웠다고 한다.

　'신바람 건강'으로 널리 알려진 황수관 박사는 연세대 교수가 되기 전 단칸방에서 아내와 자신의 동생들이 함께 기거할 정도로 어려운 생활을 했었다고 자신의 신앙 간증에서 털어놓은 적이 있다.

　가수 박상민이 경영하는 덕소의 한 카페에서 김장훈의 공연을 본 적이 있는데 인기가 대단했다. 그런 그도 무명시절 중앙대에서 불과 5명의 관객 앞에서 공연을 한 적도 있다.

항우가 한참 이름을 날리며 거의 패권을 차지
하려 할 때 유방은 미미한 존재에 불과했다. 나
중에는 천하를 통일한 유방이었지만 항우에게
무례함을 사과하는 수모를 겪었다. 유방의 비
범함을 일찍부터 알고 그를 제거하려 했던 항
우의 뛰어난 참모 범증은 결국 분루를 삼킬 수
밖에 없었다.

백제의 견훤이 세력을 떨치고 있을 때 그에게
도전했다 대패한 왕건은 그를 아버지라 부르며
선처를 호소하기도 했으나 몇 년 뒤 보기 좋게 설욕했다.

불운은 새로운 성공의 시작이다
Misfortune often can be the beginning of success

리플리라는 야구 선수가 있었다.

그는 메이저리그 투수로서 화려한 출발이 예정되어 있었고 그의 장래는 온통 장밋빛이었다. 하지만 불운하게도 연습 도중 팔이 부러지는 중상을 입어 도저히 선수 생활을 할 수 없다는 판정을 받았다.

그의 인생은 사실상 끝난 것이나 다름없어 보였다. 그러나 그는 실의에 빠지지 않고 그때부터 만화를 그리기 시작, 시사 만화가로 대성했다.

고이주에타는 쿠바에서 제당사업을 하는 유복한 집안에서 태어났으나 카스트로 정권이 들어서면서 모든 것을 버리고 1960년 마이애미에 정착했다.

1981년 45세의 나이로 최고경영자가 된 이후 경영수완을 발휘해 망해가던 코카콜라를 나락에서 건져냈다. 그가 취임했을 때 그의 회사에 1,000달러를 투자했던 사람이 평균 71,000달러를 벌었으니 그가 얼마나 경영을 잘했는지 알 수 있을 것이다.

탑건, 칼라 오브 머니, 레인 맨, 어 퓨 굿 맨 등으로 인기의 정상을 달리고 있는 미남 배우 톰 크루즈도 오디션에서 못 생겼다는 이유로 고배를 마셨다고 한다.

세계 최고의 영화감독으로 평가받는 스티븐 스필버그는 영화학교에서 성적이 부진해 중퇴하는 수모를 겪기도 했으며 농구 천재로 거부이기도 한 마이클 조던은 고등학교 시절, 선수에 선발되지도 못했던 아픈 기억을 가지고 있다.

GE 잭 웰치 전 회장도 부문장Sector head이 되긴 했지만 대권(회장)을 위한 경쟁자들 중 가장 불리한 입장에 있는 것처럼 보였다. 그도 그럴 것이 자신의 직속상관인 두 명의 부회장이 모두 다른 부문장을 공개적으로 지지하고 있었기 때문이었다.

이런 상황을 두고 보통 사람들은 큰 연못의 작은 물고기(small fish in big pond)라는 표현을 쓰지만 자신은 '큰 바다의 송사리(a minnow in an ocean)' 처럼 느꼈다고 술회했다.

존 에프 케네디 대통령의 집무실 책상 위에

'하나님, 큰 바다 위의 제 배는 왜 이리 작은지요?'

라는 글이 있었다고 하는데, 명문가와 명문대 출신인데다 미남으로서 국민의 인기를 한 몸에 받았던 초강대국의 지도자의 면모와는 달리 겸허한 마음이 잘 드러나 있는 부분이다.

너무 늦은 시작은 없다
Better late than never

약관의 나이에 스타로 떠오른 사람도 좋지만 오랜 기간 충분한 준비를 통해 좀 늦지만 성공하는 사람들이 있어 많은 이에게 용기를 준다.

성공시대라는 방송 프로그램에도 소개된 적이 있지만 아남그룹이나 금호 아시아나그룹의 창업자가 남들 같으면 거의 은퇴할 나이에 창업해 큰 기업을 이룬 적이 있어 화제가 되었다.

미국에는 이보다 더 극적인 성공을 거둔 사람이 있어 우리에게 큰 감동을 주고 있다.

커늘 샌더스는 65세에 사업에 완전 실패해 파산한데다 큰 빚까지 지고 있었다. 사랑하는 아내와 잠시 헤어져야 하는 것은 물론 돈이 없어 모텔조차 이용하지 못하고 그의 낡은 중고차 안에서 잠을 자야 하는 신세였다. 보통 사람들 같으면 자살을 생각했을 수도 있었다. 그러나 그는 그의 어머니에게 배운 닭 요리 솜씨가 있었다. 그만의 독특한 조리법이 있었던 것이다.

몇 년 후 그는 켄터키에 있는 작은 레스토랑을 인수해 다시 사업을 시작했다. 결국은 대성공을 거두어 빚을 전부 갚은 것은 물론 켄터키 치킨이라는 세계적인 기업의 주인이 되었다.

60세가 넘은 나이에 중국어를 공부하는 사업가가 있는가 하면

32

호텔 음식점의 웨이터로 취업하는 분도 있다.

조지 버나드 쇼의 작품 중에 '피그말리온Pygmalion'이 있는데 나중에 마이 페어 레이디My Fair Lady라는 이름으로 영화화되어 유명해졌다.

피그말리온은 그리스, 로마 신화에 등장하는 유명한 조각가로 여자의 결점을 너무 많이 봐 여자를 싫어했으나 자신이 상아로 조각해 만든 여자에겐 각별한 애정을 보였다. 결국 아프로디테가 그 조각상을 살아있는 처녀로 만들어 피그말리온의 아내가 되게 했다.

마이 페어 레이디는 잘 아는 대로 히긴스 교수(렉스 해리슨)가 거리의 투박한 소녀를 우아한 여자로 변화시키는 내기를 친구와 해 이긴다는 내용이다. 여기에서 '피그말리온 효과'라는 심리학 용어가 생겨났다. 즉 사람은 칭찬하고 기대하면 거기에 부응해 변화한다는 이론이다.

사람들은 잔소리보다는 격려를 통해 원하는 방향의 사람이 되는 경향이 있다(People have a way of becoming what you encourage them to be, not what you nag them to be.) 이 영화의 주인공이었던 렉스 해리슨은 애초에 오드리 헵번의 상대역으로는 너무 늙었다고 감독이 생각한다는 이야기를 듣고 감독에게 자신의 나체 사진을 찍어 보낸 후 주인공으로 낙점이 되었다고 한다. 용기만 살아있다면 나이는 문제가 아니다.

공포의 실체
The substance of fear

정도의 차이는 있지만 우리는 늘 두려움을 가지고 있다.

새로운 일에 대한 적응 문제, 새로운 사람들과의 만남, 낯선 곳으로의 여행, 실직에 대한 공포, 건강이나 생명에 대한 두려움, 어둠에 대한 공포, 실패에 대한 두려움, 고소 공포증, 폐쇄 공포증, 특정 동물에 대한 두려움, 심지어 공포에 대한 공포 등 이루 말할 수 없이 많은 두려움이 우리 앞에 버티고 있다.

약간의 두려움은 긴장감을 주어 삶의 활력소가 되기도 하지만 지나치면 행동을 위축시키고 우리를 무기력하게 만들 수 있으며 혼란을 가져오고 타인에 대한 사랑도 포기하게 한다. 그래서 공포보다는 공포의 결과가 낫다는 말이나 공포를 극복하는 유일한 방법은 두려워하는 일을 계속하는 것(The only way to conquer fear is to keep doing the thing you fear to do)이라는 말도 있는 것이다.

한번은 레이건 대통령이 전용기에서 도노반 노동 장관을 불러 함께 식사를 한 적이 있었다.

그가 대통령과 함께 테이블에 앉아 있는데 갑자기 빨간 벨이 점등되며 레이건이 긴장된 표정으로 전화를 받았다.

"내가 선택할 수 있는 것은 무엇인가?(What are my options?)"

순간 도노반은 저건 분명 핵전쟁을 뜻하는 비상벨이며 자신이 드디어 역사적인 순간을 함께 하고 있다는 생각에 흥분되어 있었다.

잠시 후 레이건이

"그렇다면 얼음이 들어간 홍차를 선택하지."

라며 전화를 끊었다고 한
다.

공포의 실체란 대체로
이런 것이다.

살아가면서 걱정을 안
할 수는 없지만 가능한 한 하지 말아야 한다. 그것은 전투에 참가
하기도 전에 우리를 지치게 하는 것이기 때문이다.

윈스턴 처칠은 임종을 앞둔 어느 노인이 한 말을 인용해 우리에
게 깨달음을 주고 있다. 임종하는 노인에 따르면 그가 알고 있던
걱정거리는 수없이 많았지만 그 중 대부분은 한 번도 실제로는 일
어나지 않았다는 것이다.

카니 맥도 걱정거리란 자신의 커리어를 위협하는 것이며 걱정
하는 것은 얼마나 바보 같은 일인지 알게 되었다고 말한 바 있다.

여자들이 오래 사는 이유 중의 하나가 자질구레한 일에 지나치
게 걱정하는 나머지 정작 중요한 일에 대해 근심을 하지 않기 때
문이 아닌가 생각해 본다.

비판도 잘 받아들이면 보약이 된다
Success depends on how you take criticism

　살다 보면 여러 가지 비판에 직면하게 된다.

　비판을 받을수록 더 큰 힘과 용기를 얻어 위대한 업적을 이루는 사람들이 있지만 대부분은 낙심에 빠진다. 인간은 암시를 받는 동물이기 때문이다.

　노르웨이의 유명한 피아니스트였던 오울 불은 어린 시절부터 바이올린 켜기를 몹시 즐겼다. 하지만 당시에 화학자로서 보다 현실적이었던 그의 아버지는 그를 강권해 행정학을 전공하도록 한다. 그럴수록 그는 바이올린 연습에 전념해 학업 성적은 엉망이 되고 말았다. 그의 노력에도 연습은 순탄치 못했다. 그도 그럴 것이 주위에 바이올린에 관한 변변한 스승이 없었기 때문이었다.

　그가 처음으로 순회 콘서트를 시작한 후 어떤 신문에서 그는 엉터리라며 대서특필했다. 보통 사람들 같으면 절망에 빠졌을 것이다. 그러나 그는 신문사의 주필을 만나 그러한 글을 쓴 사람과 만나고 싶다고 했다. 신문사에서는 놀랐지만 그의 진지한 태도에 하는 수 없이 그와의 면담을 허용했다. 뜻밖에 그러한 글을 쓴 사람은 칠십대의 노신사였다.

그는 잘못된 부분에 대해 충분한 시간을 가지고 그로부터 진지한 충고를 들었다. 재정적인 손해를 감수하고 나머지 순회 콘서트의 일정을 즉시 취소했다.

그는 훌륭한 스승을 구해 그로부터 반년 동안 자신의 결점을 보완하기 위해 전력을 다했으며 불과 26세에 유럽에서 가장 유명한 연주자가 되었다.

완벽한 조건은 없다
There's no such thing as a perfect condition

　많은 사람이 '은수저를 물고' 태어나지 못한 것에 큰 아쉬움을 토로하며 실패의 원인을 그런 것에 돌리려는 경향이 있다. 그러나 현실적으로 완벽한 조건은 사람을 나태하게 만들고 지나치게 유리한 환경은 오히려 발전에 독소가 된다. 당장 아쉬운 것이 없기 때문이다.

　실제로 국내 굴지의 대기업 창업주 2세 치고 성공적으로 기업을 운영하는 사람들이 별로 많지 않다. 경영 능력까지 물려받을 수 없는 점도 있지만 무엇보다 위기관리 능력이라든가, 어려움을 겪어 보지 못했기 때문이다.

　역사상 위대한 인물들 중 유복한 가정보다는 어려운 집안 출신들이 훨씬 더 많은 것은 고난을 통해 단련된 데다가 더 나은 조건을 위해 자신을 부단히 채찍질한 결과다.

　로큰롤의 제왕이라고 하는 엘비스 프레슬리도 유명해지기 전까지는 멤피스의 빈민가에서 때를 기다리며 살고 있었다.

　우리나라의 이순신 장군에 해당하는 영국의 영웅은 넬슨 제독이다. 어린 시절부터 배를 탄 넬슨은 우리의 예상과는 달리 트라팔가 해전에서 완승을 하기 직전까지 평생을 뱃멀미에 시달렸다. 게다가 주요 전투에서 눈이나 팔을 다치는 불운이 겹치기도 했다.

　그러나 트라팔가 해전에서 완승을 함으로써 영국 해전사에 영

원한 금자탑을 쌓았다. 공교롭게도 두 제독 모두 완승 직전에 적
의 유탄에 전사했다.

최상의 것을 생각하고 최악의 경우에 대비하라
Hope for the Best, Prepare for the Worst

어떤 사람이 상사에게 크게 질책을 받고 집에 돌아와 고민에 빠졌다.

회사를 그만두어야 할 것인가.

그 날 저녁 식사도 못 한 채 새벽 1시가 되었다. 그러나 그런 고민이 부질없다는 것을 깨달았다. 자신이 야단을 맞았다고 해서 일자리를 잃거나 교도소에 가는 것은 아닐 것이다.

최악에는 경위서를 쓸 것이고 다음 승진에 약간 영향을 받을 것이다. 그러나 노력하면 얼마든지 만회할 수 있는 정도의 실수다. 최상의 경우는 상사도 미안한 나머지 더는 언급하지 않을 것이다. 그런 생각을 하니 마음이 편해졌다.

다음날 아침 잠시 마음을 졸였으나 더는 그에 대한 추궁이 없었으며 잘못을 인정하고 열심히 한 결과 무사히 승진도 할 수 있었다.

걱정이 때로는 필요한 것이지만 지나친 근심은 우리의 힘과 의욕을 약화시킨다.

잭 웰치 회장이 GE에 입사한 지 겨우 삼 년이 되었을 때 건물의 지붕이 날아가는 폭발 사고를 낸 적이 있었는데 1963년의 일인데도 마치 어제였던 것처럼(as if it were yesterday) 생생하다고 했다. 자칫 많은 사상자가 발생할 수도 있었던 사고였기에 그는 최악의 상황에 대비하고(I was prepared for the worst) 있었다. 그룹의 중역에게 직접 사고 내용을 보고하던 잭 웰치의 심정이 조금이나마 이해가 간다. 그런 대형 사고에도 그는 승승장구하여 결국은 세계적인 대기업의 회장 자리에 올랐을 뿐만 아니라 초우량 기업을 만드는 선봉장이 되었다.

여전히 독재자라는 오명은 벗을 수 없겠지만 우리를 세계에서 손꼽히는 경제, 군사 대국으로 만든 최대의 공로자인 박정희 대통령도 1949년에 사상문제로 군법회의에 회부되어 무기징역을 선고받은 적이 있었다.

그의 모친이 그를 임신하고 있을 때 너무나 늦둥이라 며느리 보기가 민망해 간장을 마시거나 장독대에서 뛰는 등 강제로 낙태를 하려 했다는 일화도 전해지고 있다.

GE나 우리나라의 역사가 다른 방향으로 갈 수도 있었던 순간이 아니었나 생각한다.

문제없는 사람은 없다
Everyone is fighting a daily battle

    필자가 미 육군에 근무하고 있을 때 채플린(군목)이 있었는데 그의 집무실 앞에 이런 글이 쓰여 있었다.

    "문제가 있는 사람은 들어와서 상의해 주기 바랍니다. 문제가 없는 사람도 들어와서 어떻게 그럴 수 있는지 말해 주기 바랍니다."

    문제가 없는 사람은 없다고 본다. 문제가 있는 것은 살아 있는 대가다. 죽은 개는 아무도 차지 않는다는 것을 명심하라.

    인생은 문제를 풀어 가는 과정이 있기에 그 묘미가 있는 것이다. 그러한 문제를 회피하려는 것은 일시적으로만 가능할 뿐 다시 더 큰 문제로 다가온다.

    문제란 당연히 있는 것이라 여기면 심리적으로 안정이 되며 더욱 더 냉정한 자세로 문제에 대처할 수 있는 능력이 생기게 된다.

    직장에서 좋은 일만 있을 수는 없다.

    대인 관계의 갈등이 있을 수 있고 때로는 상사의 질책이 있기도 하는 것이다. 남의 호주머니에서 합법적으로 돈이 나오게 하는 것이 어디 그렇게 쉬운 일인가?

    대가가 없는 일은 없는 것이다.

    당신이 현재 위치를 고수할 수 있는 가장 큰 이유는 매일 문제가 발생하기 때문이다. 아무나 그 일을 해도 문제가 없다면 회사는 당신 연봉의 절반만 줘도 그 일을 할 수 있는 사람을 찾으려 할 것이다. 더구나 지금처럼 일자리가 없을 때는 더욱 그러하다.

유명 대학교를 졸업한 여성이 월급 5만원만 받고 어떤 특급 호텔에서 일한다는 기사를 보고 아연한 적이 있다. 아무리 경험을 쌓기 위한 고육책이라지만 취업난이 어떤지 실상을 정확히 보여주는 사례였다. 그러나 그 용기는 가상하며 그 경험을 발판으로 잘되었으리라 생각한다.

유려하고 생동감 있는 문체의 베스트 셀러, '철학의 역사'(1926) 등을 발표하며 미국 역사상 가장 인기 있던 부부 역사가 윌 더란트에 의하면 외적이 있을 때 로마는 단결하고 위대함을 유지했지만 일단 모든 적을 물리치고 나자 서서히 죽어갔다고 한다.

개인도 마찬가지다.

돈도 벌고 지위도 있고 교양도 쌓았다고 한숨을 놓는 순간 운명의 화살을 맞지 않는다고 누가 장담할 것인가? 심지어 암에 걸린 경우라도 아직 할 일이 많이 남아 죽을 때가 아니라고 굳게 믿는 정력가들은 그 이후로도 수 십 년 이상 더 생존하는 경우를 흔히 보게 된다.

하루하루가 너무 편하면 무언가 잘못되어 가고 있는 징조라고 생각하면 틀림없다. 약간 힘들다면 제대로 되어가고 있다고 보면 된다. 그래서 언덕길을 올라가고 있으면 당신은 제 갈 길을 가고 있는 것이라는 말도 있는 것이다.

불리한 여건이 큰 인물을 키운다
Great man is brought up under unfavorable situation

정도전은 조선 건국 초기 기틀을 다진 최대의 공신 중 하나다. 그의 아버지는 중앙의 관리였으나 어머니가 노비 출신이었기 때문에 출세에 엄청난 약점이 있었다. 그가 역성혁명에 뛰어든 것은 어쩔 수 없는 숙명이었는지도 모른다.

신분이동과 같은 사회적 역동성이 사라지고 그에 대한 반발 에너지가 축적되다 보면 계층 간의 충돌class clash은 피할 수 없는 수순이다.

제나라의 사마양저도 불세출의 지략가로 이름이 높았는데 그는 본래 하급 장교로 신분이 낮은데다 첩의 자식이었기 때문에 뛰어난 재능에 비해 인정을 받지 못하고 있었다. 그러나 재상이었던 안영의 추천으로 단숨에 장군이 되어 큰 전공을 수없이 세웠다.

중국 사람들을 만나 삼국지의 유비, 관우, 장비, 조자룡의 이야기를 하면 누구나 반가워한다. 그만큼 명망이 높았던 장수들이다. 관우와 장비는 황건적의 난 때 무공을 세웠지만 오늘날로 치면 하

급 장교도 아닌 보병인 마궁수와 보궁수를 지낸 적도 있었다. 낭중지추라는 말처럼 결국 그들은 주머니 속의 송곳처럼 실력이 드러나 촉을 대표하는 장군이 되었다.

태조 이성계의 왕사로 명망이 높았던 무학대사의 부모는 안면도에서 삿갓을 만들어 파는 하층민이었다. 자신의 처지에 절망만 할 수 없었던 무학이 출가를 결심한 것도 무리가 아니다.

허준은 서자로 태어나 여러 가지 불리한 여건을 딛고 당상관(문관의 정3품 통정대부 이상 혹은 무관의 정3품 절충장군 이상의 벼슬아치)이라는 높은 지위에까지 올랐다. 당시에는 양반의 수를 조절해야 했으므로 왕족이 아닌 한 서자들은 사회적으로 신분이 높아지는데 엄청난 제약이 있었다. 심지어 왕의 자녀라도 정비가 아닌 후궁의 소생이라면 대군이 아닌 '군'이나 '옹주'라 불렸다.

오늘날에도 기업에서 불리한 여건에도 고위직에 오른 인사들을 보면 남보다 두세 배 큰 노력을 한 경우가 많다. 좋은 여건에서 순조롭게 높은 지위에 이르는 사람들도 있지만 어려움을 극복하고 정상에 오른 사람들의 순발력이나 인내심, 실력을 당해내긴 힘들다.

누구나 재능이 있다
Everyone has his own talent

어떤 가난한 부부에게 아들이 하나 있었다.

어려운 생활 가운데서도 그 부부가 희망을 잃지 않고 살아갈 수 있던 힘의 원천이 바로 아들이었다. 그 아들을 통해 자신의 못 배운 한을 풀어 보겠다는 일념에서 밤늦게까지 식당에서 힘든 줄 모르고 일을 했다.

아들은 잘 자라긴 했으나 학교 성적은 시원치 않았다. 겨우 낙제를 면할 정도여서 부모의 마음을 아프게 했다. 대학 진학반이 되었지만 교장은 대학 진학은 잊어버리는 게 좋다고 충고했다.

그러나 교장은 훌륭한 교육자였다. 몇 년이 걸리겠지만 누구나 자신만의 재능이 있으니 실망하지 말고 그것이 무엇인지 발견하는데 힘쓰라고 격려했다.

몇 년 뒤 이 청년이 어느 도시의 공원을 지나다가 갑자기 한 가지 생각이 떠올랐다. 그곳에 멋진 화단을 꾸미면 좋을 것 같았다. 마침 그곳에 우연히 있던 시장에게 그 이야기를 했더니 예산이 없어 지원할 수 없다고 했다. 그 청년은 돈은 필요 없고 그 땅을 쓸 수 있게만 해달라고 했다.

그는 승낙을 받아냈고 얼마 후 그곳에는 멋진 정원이 생겼다. 그에게는 식물을 아주 잘 가꾸는 능력이 있었던 것이다.

멋있는 정원이 생기자 독지가가 벤치와 작은 호수를 만들었고 그곳은 그 도시의 명소가 되었다.

　그 소문이 널리 퍼지자 그가 하고 있던 사
업은 날로 번창해 그 도시에서 가장 유력한
사업가가 되었으며 그의 부모는 자신의 아
들이 누구보다도 자랑스러웠다.
　한 사회를 유지하기 위해선 법률가나 의
사만 필요한 게 아니다. 건축가도 있어야 하
고 제조를 잘하는 사람도 필요하며 작물을
잘 재배하는 기술을 가진 사람도 필요하다.
　공부 잘하는 학생만이 최고라는 획일적인 표준뿐이던 그동안의
교육은 분명 많은 문제점을 가지고 있다.

여자와 사랑에 관한 진실을 알자
Know Woman Know Love

여자에 대한 정의는 해변의 모래알만큼이나 많다. 가장 재미있는 것 중의 하나는 '교회에선 성녀, 거리에선 천사, 가정에선 귀여운 악녀(incredibly cute devil)'다. 본래는 가정에선 악녀인데 '귀여운 악녀'로 바꿔 보았다. 여자의 이중성과 변신 능력을 갈파한 명언이지만 나는 약간 다른 해석을 해 보았다.

알고 보면 여자도 청결한 여자가 있고 그렇지 못한 여자도 적지 않으며, 부지런한 여자가 있는가 하면 엉덩이가 무겁고 게으르기 짝이 없는 여자도 있으며, 섬세하고 마음이 여린 여자가 있는가 하면 인정머리라고는 찾을 수 없이 표독한 여자도 있다.

처음 데이트 할 때는 안쓰러울 정도로 안 먹더니(Women never eat on date) 결혼해서는 냉면 그릇에 밥을 비벼 먹는 것도 여자다. 또 승용차 내부가 잘 정돈되어 있는 여자가 있는가 하면 출근 직후의 안방처럼 어지러운 여자도 있다.

그런 여성일수록 화장은 예쁘게 한다.

Chapter 2

휴머니즘의 기술
The Art of Humanism

그대 작은 몸짓도 내겐 사랑입니다

김 정 희

뒤척이는 밤
열린 창 안으로
밀려드는 계절에
산들바람에
지나간 추억 머물면
그대 작은 몸짓도
내겐 사랑입니다

긴 여울목
돌아온 바람에
그대 향기 드리우면
내게 속삭이던
그 부드런 숨결도
남은 날들
견딜 수 없는 그리움입니다

시인 프로필
영관 장교이던 아버지의 임지였던 경기도 전곡에서 나서 염광여상과 숭
실대 영문과를 마쳤다. 바람과 구름을 너무도 좋아하는 낭만적인 감성의
소유자로 저자 김광훈의 아내이기도 한 그녀는 이번 〈고·지·사·남〉의
탈고에 많은 기여를 했다.

영원히 사는 사람
People living an eternal life

　앙리 뒤낭은 30세라는 젊은 나이에 이미 스위스에서 성공한 은행가로 평생을 편히 지낼 만한 재력을 갖추고 있었다.

　그런 그에게 인생의 전기가 찾아왔다. 사업상의 일로 나폴레옹을 만나기 위해 전장으로 찾아갔다. 전투가 시작하기 전에 찾아간다는 것이 시간을 맞추지 못해 전투 장면을 생생하게 목격하게 되었다. 그 참상은 눈뜨고는 볼 수 없을 지경이었다. 포탄에 살이 찢어지고 머리가 깨지고 선혈이 낭자한 채 죽어 가는 병사들을 처음으로 보고 깊이 느끼는 바가 있었다.

　　　　　　전투가 끝난 후 그는 부상당한 병사들을 치료하는 데 힘썼고 고국에 돌아와서는 적십자를 창설해 인도적인 일에 힘썼다. 사업에 전념하지 못하자 당연히 그의 사업은 몰락하게 되었고 돈이 한 푼도 없게 되었다. 그러나 그는 적십자 운동을 계속해 많은 성과를 거두고 일생을 마쳤다.

　1918년에 미국인 아더 내쉬라는 사람이 종업원이 39명이던 의류 회사를 인수했다. 당시 미국 제조업체의 작업 환경은 우리나라의 60-70년대와 마찬가지로 겨울에는 춥고 여름에는 덥기 그지없었다. 게다가 작업 시간은 주당 60시간이 넘는 경우가 대부분이었다.

아더는 즉시 작업 시간을 주당 45시간으로 바꾸고 임금을 세 배나 올려 주었다. 간부들이 회사가 6개월 이내에 파산할 것이며 자신들은 회사를 떠날 것이라고 위협했지만 아더는 자신의 생각대로 밀고 나갔다.

몇 개월 뒤에 보니 생산 실적이 두 배 이상 신장하고 이익도 늘었다. 십 년 뒤에는 종업원이 4,000명으로 늘어 미국 내 동종업계 최대의 기업이 되었다. 당장 눈앞의 이익에 집착하지 않고 인간 중심의 경영을 한 결과다.

종업원이 100여 명 남짓한 경기도의 어느 중소기업을 방문한 적이 있는데 창업주가 종업원을 위해 화장실을 호텔 수준으로 만들어 화제가 되기도 했다. 이런 훌륭한 생각을 하는 기업인이 많을수록 우리나라는 경제는 물론 경영철학에서도 세계를 선도할 수 있을 것이다.

작은 친절이 나라를 구하기도 한다
A little kindness can even save a nation in trouble

　스탠퍼드 대학교에 다니던 두 학생이 학비 조달에 곤란을 겪고 있었다. 등록금과 기숙사비를 내지 못하면 당장 학업을 중단해야 하는 입장이었다. 궁리 끝에 당시 유명한 피아니스트였던 파드리스키에게 일정 수입을 약속하고 공연을 제안했다.

　뜻밖에도 공연은 적자를 내고 말았다. 약속보다 부족한 부분은 파드리스키에게 차용증서를 써주었다. 그러나 그 피아니스트는 차용증서를 그 자리에서 찢어 버렸을 뿐만 아니라 장학금을 주기까지 했다.

　그리고 얼마간의 세월이 흘렀다.

　1919년에 폴란드의 초대 수상이 된 파드리스키가 1차 세계 대전으로 피폐해진 나라의 사정을 알리고 국제기구에 도움을 청했다. 특히 굶주림에 시달리던 국민이 문제였다. 허버트 후버는 당시 미국 식량 및 구제 국장이었는데 흔쾌히 수만 톤에 이르는 식량을 지원해 주었다. 너무나 감사한 나머지 파드리스키는 당시 파리에 있던 후버를 방문해 감사를 표했다. 그러자 후버가 말했다.

　"기억 못하실지 모르지만 제가 바로 학비 문제로 어려웠을 때 당신이 도와준 두 학생 중의 하나입니다."

　남에게 친절을 베푸는 사람은 자신의 불을 다른 사람에게 붙여주는 사람과 같다. 남에게 불을 붙여 준다고 해서 자신의 불의 세기가 줄어드는 것도 아니다. 이것이야말로 Win-Win의 대표적인 사례라 하겠다.

나비 효과란 기상학자이던 로렌츠가 날씨에 영향을 미치는 요소를 연구하던 중 발표한 학설로, 북경에서 일으키는 나비의 날갯짓이 궁극적으로는 뉴욕에서 태풍 부는 데 영향을 끼칠 수 있다는 이론이다.

세상을 바꾸었던 대부분의 사건들은 가냘퍼 보이는 날갯짓이 모여 독수리의 날갯짓으로 바뀌고 결국은 태풍이 되어 역사의 거대한 풍향을 바꾼 것이다.

누군가 자신에게 대가 없는 호의를 베풀면 작은 행운이 찾아왔다 생각하고 그에 대한 답례로 어떤 종류든 선행을 하면 될 것이다. 처음엔 쑥스럽지만 한 사람이 시작하면 금방 파급효과가 생기게 마련이다. 이건 나비효과가 아니라 독수리 효과 이상이 되고도 남는다.

용기를 주는 사람이 최고다
Person who gives courage is the best

중국 격언에 우리가 진정으로 복수해야 할 사람은 우리에게 은혜를 베푼 사람이라는 말이 있는데 대단히 의미심장한 말이 아닐 수 없다.

어려울 때 결정적으로 한두 번 도움을 주는 것은 좋지만 지속하면 자립심을 기르는 데 걸림돌이 되는 경우를 많이 보게 된다. 그러나 진심으로 용기를 주는 것은 아무리 지나쳐도 좋다.

미국의 출판업자, 문필가, 정치인, 과학자로서 가장 존경받는 사람 중의 하나인 벤저민 프랭클린은 보스턴의 가난한 가정에서 태어났다.

17세 때 필라델피아로 이주해 출판업 등을 통해 자수성가한 후 42세 때 은퇴하고 글 쓰는 데 전념해 많은 업적을 남겼다.

한 번은 조셉 프리스틀리라는 사람이 우연히 프랭클린을 만났는데 그 당시 그는 설교를 잘하지 못해 목사직을 포기하고 교사직을 알아보고 있었다. 프랭클린이 그를 만나 보니 초등학교 교사가 적성에도 맞지 않을 뿐만 아니라 어쩔 수 없이 선택하는 직업이라 성공할 가능성이 작아 보였다. 그래서 '전기의 역사'에 대한 책을 쓸 능력이 충분하니 한 번 써 보라고 권했다.

그는 프랭클린의 격려에 힘입어 곧 수락했다. 물론 프랭클린은 자신의 책과 각종 기록 등을 참고 자료로 제공하는 등 지원을 아끼지 않았다.

프리스틀리는 결국 일 년 만에 책을 완성해 발표했으며 과학자가 되었고 결국은 최초로 이산화탄소를 이용한 소화기도 발명하는 등 성공적인 사람이 되었다.

사십 세 이전에는 미모를 가진 매력적인 여성이 배우자감으로 최고라고 생각한 적도 있으나 불혹의 나이가 되어 인생에 대해 어느 정도 알다 보니 남자에게 힘과 용기를 주는 여자가 제일임을 깨닫게 되었다.

작은 친절이 큰 결과를 낳는다
Kindness pays

1851년에 미국 최초로 여자 의사가 된 엘리자베스 블랙웰이 처음 개업을 하려 했을 때 아무도 그녀에게 빌딩을 임대해 주려 하지 않았다. 천신만고 끝에 의원을 열었지만 아무도 여자 의사에게 진료를 받으려는 사람이 없었다.

몇 주일이 지났을 때 어떤 여자가 심하게 고통스러운 표정으로 겨우 블랙웰의 병원에 찾아왔다. 너무나 고통스러웠기 때문에 누가 치료하든 개의치 않을 정도였다. 블렉웰은 그 환자를 성심껏 치료하고 돈도 받지 않았다.

그녀의 헌신적인 치료에 감동을 한 그 환자는 주위 사람들에게 얘기했고 점차 이름이 알려지더니 결국은 더 큰 빌딩으로 옮겨야만 했다. 구전이란 이렇게 엄청난 파급효과를 가지는 것이다.

바그다드 카페Bagdad Cafe는 1988년 독일에 의해 제작된 영화다. 이 카페는 주로 대형 트럭만이 지나다니는 미국 애리조나 사막의 한촌, 먼지만 풀풀 날리는 큰길가에 자리 잡고 있다.

어느 독일인 부부가 라스베가스에 놀러 왔다 대판 싸우고 헤어지게 된다. 마술사였던 아내가 이 퇴락한 카페에 들렀다가 그녀의 헌신적인 노력으로 유명한 카페로 살아난다.

　고객에 대한 특별한 서비스, 친절이 고객을 다시 불러모을 수 있다는 것을 실증해 보인 영화다.

　갑자기 내린 비로, 물에 빠진 생쥐처럼 젖어 있는 여자에게 건네는 타월 한 장이 다이어몬드 이상의 효과를 내기도 한다.

진심 어린 선행의 결과
The result of good deed out of sincere mind

　마리안 앤더슨은 흑인 얼음장수의 딸로 태어나 가난과 인종 차별을 딛고 우뚝 선 흑인 콘트랄토(여성의 최저음) 가수로 1930년대에 이미 세계적인 가수가 되어 있었고 1955년에는 흑인 최초로 메트로폴리탄 오페라에서 주연을 맡기도 했다. 또한 토스카니니의 지휘로 흑인 영가를 불렀을 때 '100년에 한 번 있을까 말까 한 아름다운 목소리' 라는 찬사를 받았다.

　그런 명성을 가진 그녀가 어느 날인가 네브래스카의 작은 대학교에서 공연을 마치고 호텔로 돌아와 카운터에 혹시 그녀에게 전달된 메시지가 없는지 확인하려 했다. 마침 그 호텔에는 파트 타임을 하며 대학교를 어렵게 다니던 여학생이 있었는데 호텔 일 때문에 그 유명한 공연을 못 보아 아쉽다고 하자 마리안 앤더슨은 그 자리에서 바로 그 고학생을 위해 아베마리아를 불렀다는 일화가 있다. 그런 친절과 배려가 있었기에 그녀는 인종적인 편견을 극복하고 모든 사람의 존경을 받는 성악가가 된 것이다.

　재능 있는 사람은 많다. 그러나 대가가 되기 위해서는 역시 인격이 뒷받침되어야 하는 것이다.

진정한 평가는 사후에 해야
The real evaluation of one's life shall be done after death

당대에는 명성을 떨치던 사람도 죽고 난 뒤에는 별로 기억에 남지 않는 경우가 많은데 훌륭한 인물과 그렇지 못한 사람들의 차이가 여기에 있다.

한경직 목사는 당시 한국 사람으로서는 매우 드물게 미국 프린스턴 대학에서 공부했다. 미국 성인들도 대학 진학률이 5%도 안될 때 얘기다. 귀국 후에는 이승만 대통령이 부통령을 권해도 사양하며 목자의 길을 간 것으로 알려져 있다.

그는 탁월한 섭외력과 지도력으로 초대형 교회인 영락교회를 키워냈으나 돈과 관련해 잡음을 일으킨 적이 없었다. 최근의 여러 차례 분규를 보면 새삼 그의 훌륭한 인격과 순수한 신앙인의 자세가 돋보인다.

영락 교회에서 예배를 마치고 교회를 떠나는 신도들에게 일일이 웃으며 전송하던 그의 모습이 기억에 남는다.

미국 30대 대통령인 캘빈 쿨리지에 대해 파티 석상에서 말도 별로 없고 재미도 없다고 혹평하는 사람들이 많았다. 그러자 후에 유명한 저자가 된 앤 린드버그라는 당시 여섯 살 난 소녀가

"파티에 오신 분들 중에 저의 다친 손가락에 대해 물어본 분은 유일하게 캘빈 쿨리지 뿐이었으며 그를 좋아한다."

고 말했다.

쿨리지는 정치가로서도 훌륭한 업적을 남겼다. 정부 지출을 줄인다거나 기업 규제를 완화하는 정책을 효율적으로 추진해 미국이 1920년대에 번영을 구가하는 초석을 쌓았다는 평가를 받고 있다.

사람 사이든 부부 사이든 모든 문제는 관심의 부족에서 기인한다. 알면 사랑하고 사랑하면 사람을 보는 것이 예전과 같지 않게 마련이다. 어떤 사람도 알고 나면 사랑하지 않을 수 없다. 인간이란 누구나 그만큼 가치가 있기 때문이다.

선입견이나 사회적인 편견으로 사랑은커녕 자신을 보여 줄 기회조차 주지 않는 것만큼 매정한 일은 없다고 본다. 차라리 나에게 상처를 주는 사람을 사랑하되 나를 사랑하는 사람에게는 결코 상처를 주어서는 안 되는 이유가 여기에 있다.

여담이지만 동물들이 파트너가 바뀔 때 성적으로 활발해지는 것을 심리학에서는 쿨리지 효과라고 한다. 그 유래는 다음과 같다.

쿨리지 대통령이 부인과 한 농장에 들렀는데 수컷이 하루에도 수차례나 교미한다는 것을 들은 부인이 남편에게 그 사실을 넌지시 알렸다. 그러자 쿨리지 대통령은 매번 같은 파트너와 사랑을 나누는지 확인해 보라며 아내에게 반격했다는 일화에서 유래했다고 한다.

양보하며 사는 생활의 기쁨
The pleasure of making concession

　운전 난폭하게 하기로는 한국 사람들이 상위권에 속한다. 그걸 알면서도 미국인들은 차마 필자 앞에서 난폭하게 한다는 말은 못하고 '한국에서 운전할 수 있으면 미국에서 하는 것은 아무 것도 아니라든가 한국 사람들은 운전을 다르게 한다' 라며 우회적으로 말하곤 한다.

　어느 광고에 외나무다리에서 다른 자동차와 만나자 먼저 가라고 손짓하는 장면이 있었는데 무척 보기 좋았다. 예전엔 이건 기본적인 예의였는데 지금은 모두가 바쁘기 때문인지 쉽게 볼 수 있는 정경이 아니다.

　지금까지는 더 큰 자동차를 몰고 다니면 성공한 것으로 인정받았는데 이제는 누가 더 많은 시간을 자신을 위해 할애할 수 있느냐에 따라 성공 여부를 판단하는 때가 되었다. 시간적인 여유가 있는 사람이 아무래도 양보도 할 수 있는 것이다.

　괴테는 때로는 정치가로서 때로는 문필가로서 많은 업적을 쌓았는데 특히 자신의 실제 경험을 토대로 쓴 '젊은 베르테르의 슬픔'은 나폴레옹도 가지고 다니면서 애독했다고 한다. 이 작품의 여주인공인 샤로테의 이름에서 우리나라 롯데 그룹의 명칭도 유래한 것이니 그 영향은 가히 세계적이라 할 수 있다.

　괴테는 실러와 깊은 우정을 나눈 것으로 유명한데 스위스 여행

중에 수집한 자료를 바탕으로 희곡을 쓸 계획이었으나 실러에게 양보해 그가 유명한 희곡을 창작할 수 있게 하였다고 한다. 작가로서 명성을 더 쌓을 수 있는 절호의 기회였음에도 아름다운 양보를 해 실러가 문학가로서 명성을 드높일 수 있게 했으니 이보다 보기 좋은 양보는 없을 것이다.

찰스 슈와브가 주는 교훈
Lesson from Charles Schwab

앤드류 카네기가 1901년 JP 모건에게 철강 회사를 넘기면서 자신의 휘하에 있던 슈와브가 유에스 스틸의 사장이 되고 그에게 최소한 100만 달러의 연봉을 주라는 계약조건을 새 사주에게 제시했다. 당시 산업계 거물이었던 JP 모건은 당황한 나머지 슈와브를 만나 계약서를 보여 주었다. 그때까지 알려진 최고의 연봉이 10만불이었으니 그럴 만도 했다.

슈와브는 그 자리에서 계약서를 찢어 버리고는 자신은 돈 때문에 일하는 것이 아님을 분명히 했다. 그는 일을 통해 얻게 되는 즐거움과 사람들과의 친교를 더 중시했다.

그는 많은 사람들의 반대와 우려에도 빌딩에 철제빔을 사용하는 아이디어를 밀고 나갔다. 그 결과 크라이슬러 빌딩이라든가 엠파이어 스테이트 빌딩 등 맨해튼의 주요 빌딩이 그의 아이디어를 채용해 지어졌다.

그와 절친한 친구였던 토마스 에디슨조차도 그를 가리켜 왕성한 정력가라 할 정도로 그의 활동은 눈부신 것이었다.

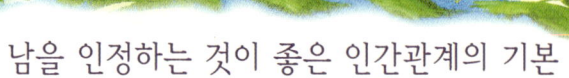

남을 인정하는 것이 좋은 인간관계의 기본
The basic principle of maintaining good relationship is to approve of people

1920년대 뉴욕 전화 회사의 사장이었던 버치 포레이커는 '일만 명의 친구를 가진 사람'으로 알려져 있는데, 틈나는 대로 맨홀로 들어가 작업 근로자나 기능공들과 담소를 나누곤 했다고 한다. 자신의 부하들이 하는 일을 존중했기 때문에 가능한 일이었다. 이런 태도를 견지하니 그를 좋아하고 따르는 사람이 기하급수적으로 늘지 않을 수 없었을 것이다.

우리에게 군번 1번으로 알려져 있는 이형근 대장이 모 대학교 학생들의 방문을 받았을 때의 일이다. 지금은 꽤 좋은 학교지만 80년대 초만 해도 학교의 훌륭한 전통과 학풍에 비해 명성이 높지 않았던 그 학교 학생들을 환영하는 자리에서

"전통의 명문에서 오신 여러분을 환영합니다."

라며 인사말을 열었다. 그 학교가 소위 명문대가 아닌 것을 모를 리 없는 그였지만 상대방에 대한 찬사를 아끼지 않았다.

흔히 진정한 거물일수록 그와 같이 있으면 자신들도 중요한 사람이라는 느낌을 갖게 된다는 말이 있는데, 그런 사람들을 만날 때마다 그런 감정을 꼭 느끼곤 한다. 인간관계의 가장 기본적인 첫 단계가 바로 남을 존중하는 것이다. 상대를 인정해주지 않으면 원만한 관계는 물론 진정한 지지를 얻어낼 수 없다.

인간이 큰일을 이루려면 남 특히 다른 분야 전문가들의 조력은 필수적이다.

66

　인간이 혼자 할 수 있는 일이 얼
마나 될 것인가. 다른 사람들의 도
움 없이는 인류의 위대한 문화유산
이라고 하는 피라미드는 물론이고
하다못해 이스터 섬의 석상도 만들
수 없다.

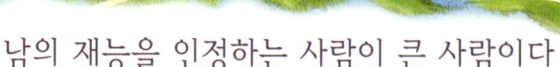

남의 재능을 인정하는 사람이 큰 사람이다
He who recognizes other's talent is a big man

　훌륭한 민족으로 이루어진 우리나라도 '사촌이 땅 사면 배가 아프다' 라는 말이 있다.

　이런 뼈있는 농담이 있다.

　미국, 프랑스, 한국 사람 셋이 각각 한 가지씩 소원을 빌어 성취할 기회를 갖게 되었다. 미국인은 마이애미에서 자기 요트를 타는 것이 꿈이었고 원하는 대로 되었다. 프랑스 사람은 애인과 함께 지중해 연안에 있는 별장에서 보내고 싶어 그대로 되었다. 마지막으로 한국 사람이 소원을 빌 차례가 되자 앞서 소원이 성취된 두 사람이 다시 원위치가 되도록 해달라고 빌었다는 얘기가 있다.

　우리 민족이 다 이렇지는 않을 것이다. 그러나 이런 경향이 타민족보다 약간 강한 것은 사실인 것도 같다. 남이 잘 되거나 재능이 있는 걸 인정하는 것이 결코 쉬운 일이 아님을 보여주는 사례라 하겠다.

　다른 사람이 승진하거나 좋은 일이 있을 때는 제일 먼저 축하해 주는 것이 바람직하다. 그 사람이 성공한 요인을 분석하고 자신도 그에 맞게 노력하는 것이 그나마 그와의 격차를 줄이는 길이다. 도저히 따라갈 수 없는 재능이라면 포기하고 자신이 가진 능력을 계속 신장하도록 노력을 기울이는 것이 좋다. 어차피 최고의 재능이란 매우 제한된 사람에게만 부여되는 것이다.

마크 트웨인의 본명은 샘 클레멘스였는데 그가 소년 시절을 보냈던 미주리 주의 한니발에서 어느 기자가 그의 옛 친구를 인터뷰한 적이 있다. 그 친구는 말했다.

"나도 샘 클레멘스만큼이나 많은 이야기를 알고 있지만 그 친구처럼 구태여 그걸 글로 쓸 생각이 없었지."

그 친구가 물론 마크 트웨인만큼 많은 이야기를 알 수도 있다. 그가 결정적으로 간과한 것은 재능을 갈고 닦고 시험해 보는 중요성이다. 그것은 흔히 하늘과 땅만큼의 차이를 보인다.

뛰어난 작가는 다양한 경험과 관찰을 통해 우리가 잘 보지 못하는 것을 깨닫게 해주고 감동을 주기도 한다.

작가들이 일반적으로 견문과 경험을 늘리기 위해 남다른 노력을 하지만 인생의 다양한 경험을 하는 사람들이 꼭 작가만은 아닐 것이다. 대개 그러한 귀중한 체험들을 가슴속에 간직하고 있을 것이다. 그러나 작가와 같은 깊은 성찰이 없기에 개인의 뇌리 속에 저장된 채 햇빛을 보지 못한다.

아버지의 가르침
Lesson from the father

　한 명의 아버지는 열 명의 교장보다 낫다는 말이 있다.

　필자가 대학 합격 직후 집 근처 어느 대학교의 교정을 아버지와 함께 걷고 있을 때였다. 그 학교는 본래 후기 명문대였으나 전기로 전환하면서 당시 명성이 많이 퇴락한 상태였다. 그 학교의 취약한 점에 대해 지적하자 아버지는 '남의 것을 소중히 여기는 태도가 중요하다'고 일깨워 주셨다. 그 이후로 남에 대한 비판을 거의 하지 않게 되었다.

　GE의 잭 웰치 회장이 청소년기에 하키 게임에서 진 후 스틱과 스케이트를 내동댕이치자 그의 어머니가

　"지는 방법을 모르면 결코 이길 수 없다, 이 시시한 녀석아!"
라고 일갈했던 것과는 달리 조용히 타이른 것이었지만 그 말씀이 결코 나의 뇌리에서 떠나지 않았다(What he said never left me).

미국의 어느 대형 자동차 회사의 사장이 아들에게 신형 모델의 자동차를 줄 테니 회사에 한번 오라고 했다. 매우 기쁜 나머지 아들이 회사로 달려가 보니, 그에게 준 것은 조립이 안 된 수천 개의 부품뿐이었다.

　그는 몇 달이나 걸려 그것을 다

조립해 잘 타고 다녔다.

공짜 점심은 없다는 것과 자동차에 대한 실제적인 지식을 익히게 하려는 아버지의 깊은 생각이 잘 드러난 감동적인 일화다.

독수리가 가장 아끼는 새끼들에게 가혹하리 만치 철저하게 사냥법이나 나는 법을 가르치는 것과 마찬가지로 일본의 큰 부자들은 자녀들을 훈련한 것으로 유명하다.

한 번은 어느 거상이 아들에게 솥뚜껑을 주면서 팔아 보라고 했다. 경험도 없는 데다 인기 품목이 아니었으므로 며칠을 돌아 다녀도 팔 수가 없었다. 지치고 절망감이 들어 냇가에 앉아 있다가 솥뚜껑 파는 일을 잠시 잊고 어떤 사람을 도와 주었더니 그 사람이 사정 이야기를 듣고는 솥뚜껑을 사주는 것이었다.

물건 하나조차도 혼을 담아 팔지 않고서는 판매가 불가능하다는 것을 일깨워준 감동적인 영화로 필자도 보고 눈물을 흘렸던 기억이 난다.

필자도 자녀를 둔 아버지지만 이런 가르침을 제대로 주고 있는지 반성하곤 한다.

친구 같은 아버지, 민주적인 아버지가 좋다고 생각하지만 단점도 적지 않을 것이다. 현대의 아버지란 아이들에게 공부만 강요하는 아버지, 돈을 벌어오는 기계, 폭음, 폭식으로 절제를 모르는 아버지 상은 아닌지 우리 모두 돌아볼 필요가 있다.

과거와 같이 절대적인 권위를 갖는 가부장제 하에서의 아버지 상이 아닌 새로운 시대에 걸맞은 아버지 상의 확립이 절실한 때다.

세상에 쓸모 없는 사람은 없다
No man is worthless

생각보다 자기 연민에 빠진 사람들이 적지 않은데 이것처럼 사람의 기운을 빠지게 하는 것도 없다. 대개 지나간 시절의 실패 때문인데 카니 맥의 말대로 지나간 물로는 물레방아를 돌릴 수 없다.

빨리 잊는 것이 상책이다. 자신이 이 세상에 살아 있는 것에 대해 아무도 신경 쓰지 않는다면 신용카드를 몇 달만 연체해보라 권하고 싶다.

필자는 월급날이면 특히 살아 있음을 실감한다.

나에게 의존하는 사람들이 상상외로 많다. 고액 소득자가 아님에도 의료 보험이나 국민연금은 왜 그리 많은 액수가 지출되는지…. 게다가 갑근세는, 약간 과장하자면 실수령액보다 많은 것 같다. 그 돈으로 도로도 만들겠지만 군인, 경찰, 공무원 등의 봉급으로도 많이 나갈 것이다.

세금과 죽음은 피할 수 없다는 말이 있을 정도로 국가가 생긴 후 많은 사람이 세금 때문에 고통을 받아 왔다. 정부와 관리들은 그들의 생존이 달린 것이니 만큼 사력을 다해 세금을 부과하는 데 정당성을 부여하려 시도해왔다. 백성이 초근목피로 연명할 때인 예나 지금이나 세금이 꼬박꼬박 나오는 것은 차이가 없다. 그래서 다산 정약용은

'백성은 토지를 논밭으로 삼고 벼슬아치는 백성을 논밭으로 삼는다.'

라고 일침을 가하기도 했다.

공자가 노나라가 더는 가망이 없다고 느껴 제나라로 가던 중 허술한 세 개의 무덤 앞에서 슬피 우는 여인을 만났다. 그 이유를 물으니 시아버지, 남편, 아들 모두 호랑이에게 죽임을 당했다는 말을 했다. 차라리 그곳을 떠나 사는 것이 어떠냐고 하자

'그래도 이곳은 세금을 걷어 갈 관리가 없어 좋다.'

는 말을 했다고 한다.

세금이란 이렇듯 생명의 위협보다도 무서운 것이다. 더구나 봉급 생활자들은 유리 지갑에서 매달 적지 않은 금액을 사자 몫(lion's share)으로 남겨 놓아야 한다.

국민 소득 격차를 고려하지 않고도 미국보다 몇 배나 비싼 휘발유를 판매해도 아무런 문제가 없는 우리나라야말로 정부 관리들이 통치하기 가장 편한 나라다. 러시아의 표트르 대제처럼 '수염세'를 부과해도 잠시 소동은 있겠지만 '찻잔 속의 폭풍(a storm in a teacup)'에 그칠 가능성이 높다. 표트르야 개혁을 위한 고귀한 뜻이 숨어 있었지만.

옛날 영국 코벤트리의 영주가 백성들에게 세금을 가혹하게 부과한 일이 있었다. 마음씨가 고왔던 그의 부인 고디바가 세금의 감면을 간청했다. 코벤트리 성내를 말을 타고 나체로 일주하면 청을 들어주겠다고 하자 그의 부인이 그대로 하고 말았다.

이 소식을 들은 백성은 그녀의 숭고한 마음을 알고 모두 커튼을 쳤다고 한다. 물론 양복장이었던 탐만이 몰래 그녀의 나신을 보아 피핑 탐Peeping Tom이라는 역사의 오명을 남기긴 했지만.

이런 훌륭한 사람들이 있었지만 안타깝게도 물줄기를 돌리지는

못하고 오늘도 세금에 우리의 허리는 나날이 휘어지고 있다.

　우리가 자신이 쓸모 없다고 느껴질 때 가장 좋은 방법은 역시 남들의 어려움이나 고통을 덜어 주는 일이라고 본다.

　형편이 어려운 사람들을 돕는 것도 좋지만 자신이 잘하는 분야의 지식을 그것이 필요한 사람들과 나누는 것도 매우 뜻 깊은 선행이라고 믿는다. 더구나 지식은 나누고 또 나누어도 줄지 않고 오히려 자신의 것이 되는 경향마저 있다.

　물고기 몇 마리보다 고기 잡는 법을 가르치는 것이 더 훌륭한 이유가 여기에 있다.

남에 대한 험담은 자신을 파멸시킨다
Backbiting results in self-destruction

우리는 살면서 남의 언행에 대해서 비판하지 않을 수 없는 상황에 처하곤 한다. 그것이 우리의 이익과 존재 양식에 결정적인 영향을 미친다면 적극적으로 대응하지 않을 수 없다.

문제는 그런 상황이 아닌데도 남의 험담을 즐기는 사람이 있다. 근거가 있든 없든 남을 험담하는 것은 좋지 않다.

탈무드를 인용하지 않더라도 말하는 사람, 그 대상, 듣는 사람 등 모두를 죽인다.

이슬람에서는 험담하는 것을 악마가 시켜서 하는 일이라고 하며 그것이 사악한 것임을 교육하는 것은 어릴 때가 가장 적절한 시기라고 한다.

우리 역사를 살펴보면 얼마나 유능한 인재들이 이 중상모략에 걸려 꿈을 펼치지도 못한 채 비명에 사라졌는가? 당장 떠오르는 사람만 해도 이순신, 조광조, 남이 그리고 각종 사화에서 화를 당한 학자 등 헤아릴 수 없이 많다.

닉슨은 프랭클린 루즈벨트와 케네디 전 대통령의 명성에 흠집을 내기 위해 정부 문서 보관소 등의 침입까지도 기도한 것이 나중에 드러나 그의 이중적인 모습을 다시 한 번 확인시켜 주었다. 정치란

게 다 그렇지만 지나치면 꼭 망신당하게 된다.

　우리나라는 물론 미국 회사에서도 해고할 때는 동료들의 평판을
꼭 참고한다고 한다. 동료들을 험담한다거나 남이 잘한 일을 가로
채면 해고의 대상이 되기 쉽다고 한다.

자선의 기쁨
The pleasure of donation

　탈무드에서도 부자가 할 수 있는 최선의 일은 자선을 행하는 것이라 말하고 있다. 어려운 사람도 자선을 할 수는 있지만 자선이란 역시 부자의 특권이다.

　세상에는 여러 가지 고난에 빠진 사람도 많지만 전통적으로 불쌍한 사람 중의 하나가 바로 아직 인생의 황혼이 아닌데 미망인이 된 경우다.
　탈무드는 또한 말하고 있다.
　전당포는 과부와 어린아이들의 물건을 맡아서는 안 된다고.
　미망인도 늙는다. 젊을 때는 귀찮기조차 했던 그 수많은 남자들의 시선이나 호의는 온데간데없어 더욱 비감을 느끼게 된다.

　어느 외로운 미망인에게 유일한 낙이 있었는데 바로 어떤 노신사가 매일 아침 그녀 집의 베란다에 장미꽃을 몇 송이씩 놓고 가는 것이었다. 그녀는 그런 사실이 얼마나 기뻤는지 그녀 집 앞을 지나는 사람들에게 자랑을 하곤 했다.

　"어떤 신사가 자신이 손수 정원에서 가꾼 장미를 저에게 놓고 가신답니다."
　얼마 후 그녀 집에 방문객이 있을

때 장미꽃을 매일 놓고 가는 그 신사가 들렀다. 그 방문객이 신사와 함께 집을 나오면서 실제로 자신의 정원에서 가꾼 장미를 가져오느냐고 묻자

"사실 저는 식물을 가꾸는 법을 전혀 모릅니다. 매일 그녀가 저렇게 좋아하는 모습이 보고 싶어 그렇게 하고 있지요."

라고 말했다.

존경은 강제할 수 없다
There is no such thing as a forced respect

오래 전에 터키의 국왕이 자신에게 경의를 표하지 않는 외교관들에 대해 불만이 많았다. 그래서 자신의 옥좌 바로 앞에 작은 개구멍을 만들어 자신을 알현하러 오는 모든 외교관이 반드시 엎드려 기어와야만 통과할 수 있도록 만들었다.

드디어 영국의 외교관이 찾아왔다.

큰 기대를 가지고 흐뭇한 마음으로 바라보던 왕은 하마터면 비명을 지를 뻔했다. 고개를 숙인 외교관의 얼굴 대신에 큼직한 둔부가 보였기 때문이었다. 그 외교관은 개구멍 앞에 엎드려 엉덩이 부분부터 들어왔던 것이다.

청나라 때 영국의 특파사절로 파견된 애머스트는 무릎 꿇고 아홉 번 절하는 소위 '삼궤구고'를 거부해 청나라 황제를 만나보지도 못하고 돌아간 일도 있다. 존경을 강제할 수 없다는 진리를 청나라에서는 미처 모른 것 같다.

예수님도 지적했듯이 자신의 고향에서 존경을 받기란 쉽지 않다. 그 성장 과정이나 배경을 너무나 잘 아는 데다 같은 지역 출신이면 작은 성공을 하더라도 '개천에서 용이 난' 것으로 치부하고 은근히 동격으로 여기려는 심리가 있게 마련이다.

특히 동양권에서는 왕에 대한 충성이라는 명목으로 존경을 강제하는 일이 많았다. 심지어는 사약을 받는 자리에서도 왕이 있는 방향에 대해 절을 하기도 하였다. 역적으로 몰리면 3대가 멸문지화를 면할 수 없어 나머지 사람이라도 보존하려는 생각이었는지는 모르나 지나치다는 생각을 지울 수가 없다.

이런 전제적이고 강제적인 분위기 속에서는 입술로는 존경하되 마음은 먼 경우가 대부분이다. 호구지책으로 힘있는 사람에게 존경을 표시해야만 하는 경우 그 필요성이 사라지면 즉시 존경도 사라진다.

인간 중심의 경영
Human-oriented management

　어느 기업이나 말로는 인재에 기업의 성패가 달렸으며 인간 중심의 경영을 한다고 하지만 실제로 실천하는 기업은 많지 않은 것이 현실이다.

　인간 중심의 경영이라고 해서 온정주의 경영을 의미하는 것은 아니다.
　기업은 이익을 내야 하는 조직체다.
　신상필벌이 확실해야 한다. 실적이 없어도 자리가 보장되는 조직이 아니다. 실제로 망한 기업 중에 온정주의로 유명한 기업들이 몇 개 있는데, 그것 때문에 망한 것은 아닐지라도 경쟁사를 이기지 못하면 곧 도태되는 기업의 생리로 볼 때 그러한 조직 문화가 큰 해악으로 작용했음을 쉽게 알 수 있다.

　필자의 가까운 친척이 한 때 국내 3대 대형 건설사였던 모 기업으로 이직해 근무한 적이 있었다.
　그 회사는 임금이 타사에 비해 월등히 높았던 반면에 오른 손으로 계산기를 사용하면 경위서를 쓴다는 말이 있을 정도로 직원들을 독려했다. 하지만 얼마 가지 않아 파산하는 비운을 맞이했다. 그 기업의 몰락 뒤에는 다른 많은 원인이 있었지만 사람 관리에 실패한 점도 크다는 것이 나중에 알려졌다.

여자만이 누릴 수 있는 행복
Women's Prerogative

여성만의 특권, 여성만의 은어도 많지만, 여성의 특권 가운데 하나는 그 매력에 있다고 본다.

남자도 매력이 있을 수 있다. 그렇다고 해서 그 매력 때문에 여성이 오랫동안 그 남자에게 매달려 있지는 않는다.

역사상으로 볼 때 절대 권력자나 자산가에게 여자들이 헌신적인 경우가 많았는데 그건 그가 생살여탈의 권력을 가진데다 그의 그늘 속에서 영화를 누릴 수 있기 때문이었다. 이런 절대적인 권위나 힘을 갖지 않고 여자들이 진심에서 남자를 사랑한 경우가 얼마나 있었을까?

반면에 이러한 절대적인 권력이 없이도 남자를 꼼짝 못하게 한 매력적인 여성은 역사를 통해 보면 수없이 많다. 시저가 클레오파트라에게 완전히 빠진 적은 있어도 클레오파트라가 시저에게 빠진 기록은 없는 것 같다.

한 무제가 경국지색의 이 부인에게 온통 마음을 빼앗긴 일도 있고 달기와 포사 같은 경국지색도 있었으며 양귀비 또한 당나라 현종을 무력화시켰던 것은 널리 알려진 사실이다.

Chapter 3

사랑에 관한 짧은 글 긴 여운

A short word about love lasting long

그대가 좋아요

김정희

가을 바람 소리에
여린 가슴 시려 오면
야생마처럼
한 달음에 와 기대는 그대

꿈이어도 좋아라
갈대 숲 흐르는 바람만큼
좋은 그대

그 이름 부르며
부드런 살갗에 닿으며
아련한 꿈 속
향기론 추억 속에
고요히 눕는다
풀빛 그리움으로

피닉스와 솔개의 변신
The transformation of phoenix and black kite

　여자의 승낙을 받기 위해서는 순발력보다는 지구력이라는 말도 있으나 그것은 어디까지나 여자가 그다지 경쟁력이 없어 다른 후보가 주위에 맴돌지 않았기 때문인 경우가 많다. 실제로 필자의 학창 시절에 이런 것을 자주 목격했다.

　열 여자 마다치 않는 것이 남자의 본성이라느니 여자를 처다보지 않는 바로 그날 남자는 죽은 거나 다름없다고 거침없이 말하던 알 파치노 같은 마초우 맨도 있지만 그것은 어디까지나 생활에서 자유로운 일부 수컷들의 호사일 뿐 누항에서 흔히 볼 수 있는 일은 아니다.

　오히려 승객을 골라 태우듯 여자를 까다롭게 고르는 것이 남자의 진정한 속성인 반면 버스처럼 일단 다 태우고 보는 것이 여자의 심리에 더 가깝다고 본다.

　여자는 본능적으로 어떤 남자의 정자를 받아야 하는지 알고 있다고 한다. 마치 피닉스가 향기 나는 나뭇가지를 골라 500년마다 몸을 불태워 새 생명으로 거듭나듯 사랑으로 불태워 자신의 분신을 만들어낸다.

　요즘 들어 이혼율이 높은 것은 결혼이 본능과 감정에 의한 판단은 배제하고 시장에서의 가치를 교환하는 수단으로 전락했기 때문이다.

흔히 조직이나 개인이 근본적인 변화를 해야 할 때 환골탈태라는 말을 쓰는데 이를 실제로 실천하는 동물이 있어 우리에게 좋은 본보기가 되고 있다.

솔개는 보통 40년을 살면 부리와 발톱 또 날개가 노화되어 사냥을 할 수 없고 결국 죽음을 맞이할 수밖에 없다고 한다. 하지만 부리, 발톱, 날개를 새것으로 교체하면 30년이나 생명을 연장할 수 있는데 물론 이것을 스스로 해야 하며 그 과정은 차라리 죽는 것이 나을 만큼 큰 고통이 따른다고 한다.

우리도 피닉스와 솔개처럼 끊임없이 변모하는 모습을 파트너에게 보여 주는 노력이 필요하다고 본다.

정신과 육체가 조화를 이룬 사랑이 아름다워
Carnal and Spiritual love should be balanced

사랑은 흔히 지성인은 바보로 만들고 바보를 지성인으로 만든다는 말도 있지만 사랑처럼 사람을 변화시키는 것도 없다.

지성인이 바보가 되는 이유는 자신이 최고로 여겼던 지성이라는 가치가 별것 아님을 사랑을 통해 알게 되기 때문이다. 지성인이라던 사람이 사랑을 만난 후 다소 비지성적인 행동을 하기에 이런 말이 생겼을 것이다.

바보가 지성인이 되는 것은 사랑을 유지하기 위해선 열정 이외에 교양도 필요하다고 깨닫기 때문에 그 방향으로 노력을 하기 때문이라고 생각한다.

신체적인 접촉이 사랑을 강화시키는 일면이 있지만 정신적인 교류 없이 사랑을 완성하기란 불가능하다. 정신적인 교류는 두말할 나위 없이 지적인 경험의 공유를 통해 교감을 이끌어내는 비육체적 행위를 뜻한다. 어느 쪽이 우월한가에 대한 논의는 의미가 없다고 본다.

아무래도 낮은 일하는 시간이고 밤은 휴식과 즐기는 시간이다.

특히 싱글족들이라면 '어젯밤 내 앞에서 알몸이 되었던 기색을 전혀 엿볼 수 없는' 여자를 곁에 두는 호사를 누릴 수도 있다.

밤처럼 신비한 것도 없다. 천 개의 눈을 가진 것도 밤이며 사랑을 위해 만들어진 것도 밤이다.

'하얀 능금 꽃이 떨어지는 초여름, 고요한 정원에서 반짝이는 별들' 을 바라볼 수 있는 것도 밤에만 가능한 일이다.

사랑이 시작되기에 더 없이 좋은 환경이다.

동물들은 적어도 옷을 사기 위해서는 큰 노력을 하지 않아도 된다. 옷이 본래는 몸의 체온을 유지하기 위해 고안되었을 것이다. 그러나 그것이 사회적인 의미를 지니게 되면서부터 불행이 시작된 것이다.

신체적인 특징만으로는 신분의 고하를 나타낼 수 없자 사람들이 생각해낸 것이 옷을 통한 구별이었다. 왕관, 귀걸이, 머리 모양도 있었으나 가장 권위 있게 보이는 것은 역시 의상이다.

고대 귀족이나 장군의 복식을 보면 당시 사람들의 의도가 확연히 드러난다.

그러나 이런 권위도 옷을 모두 벗으면 사라진다.

부부나 애인 사이가 격식이나 신분에 관계없이 가까워질 수 있는 이유가 여기에 있다. 그러나 왕과 사랑한 후에 다시 의관을 정제하면 후궁이나 궁녀와 다시 거리가 생긴다.

밤에 사랑이라는 향연이 없었다면 밤은 그저 두렵기 만한 존재였을 것이다. 인간이 무리를 해가면서까지 밤을 정복하기 위한 노력을 할 필요가 없었을지도 모른다. 어찌 보면 인류의 문명은 밤을 정복하다가 생겨난 부산물이 아닌가 생각될 때도 있다.

밤은 지나치게 관념적으로 흐르기 쉬운 인간에게 적절한 동물의 야성을 회복하는 시간을 제공함으로써 조화로운 동물이 되는 기회를 주었다.

진정한 사랑을 찾아서
In search of true love

생계를 위해서 또는 사회의 한 성원으로서 인정받기 위해 우리는 슈퍼의 작은 계산대 앞에서 밤늦도록 고객을 기다린다.

혹은 한여름의 고온에 생선이 상할까 조바심을 내면서 어느 아파트 앞에서 고등어나 갈치를 팔고 있을지도 모른다.

하지만 우리가 이 세상에 왔을 때의 진정한 미션은 무엇이었을까?

종교인들은 자아실현이나 구도자의 길과 같은 영적인 구원을 말하지만 종교를 가지지 않은 대다수의 사람들이라고 해서 이러한 축복을 가질 권리가 없는 것은 아니다. 나는 그들이 비록 생업에 매달려 다른 것을 생각할 여력은 없지만 나름대로 이 세상에 사명을 가지고 왔다고 본다.

그 사명이란 바로 진정한 사랑을 찾는 것이라 생각한다.

사랑을 한 번이라도 진정으로 해 본 사람이라면 사랑이란 '흙 속에서 진주를 찾는 작업'임을 이해하게 될 것이다.

희망이 없어 보이던 남자를 찾아 훌륭한 장군으로 키워낸 평강공주가 그런 점에서 가장 행복한 여인이 아니었을까 생각해 본다.

팔만 대장경이나 석굴암, 영락 교회나 소망 교회를 가지고 있어 우리가 이 땅에 태어난 것이 행복한 것이 아니다. 바보 온달과 평강공주 같은 감동적인 이야기가 있어 기쁜 것이다.

다른 나라들도 바보 이반이나 개구리 왕자 같은 민화를 가질 수 있지만 그 감동의 질에 있어서는 우리나라의 그것에 비할 바가 아니다.

이 이기적이고 잘난 사람이 많아진 세상에서 자신만을 사랑해주고 아끼는 사람을 만난다는 것이 과연 가능하기나 한 일인가? 어찌 보면 이기적이고 절대로 손해 보려 하지 않는 사람들에겐 불가능한 것이 사랑이다.

우리가 고매한 인격을 가진 종교인의 세계를 이해하려 하지도 않고 할 수도 없는 것과 같은 이치다.

영혼이 담긴 열창이 아니면 사람들의 심금을 울릴 수 없다.

잘 알려진 가수들이 혼신을 다해 노래 부르는 모습을 보게 되는데 그때마다 이런 생각을 하게 된다. 한 영혼을 마음속 깊이 감동시키지 않고 어떻게 사랑이 지속하기를 바라는가? 잠시 이루어진 것 같지만 곧 사랑이 깨지는 것은 바로 이러한 이유 때문이다.

현대 문명을 진단하면서 이미 오래 전부터 나온 지적 중의 하나가 바로 이 시대는 '감동이 사라진 시대' 라는 것이다.

감동이 사라진 이유는 우선 즐거움을 찾을 수 있는 것이 많아졌기 때문이다. 성이든 사랑이든 영화든 혹은 스포츠든 시뮬레이션을 통해 얼마든지 즐길 수 있는 때가 이미 오래 전에 도래했다.

무엇이든 흔한 것은 감동을 줄 수 없는 법이다.

자신의 진정한 가치를 알아주는 사람이 최고다
The person recognizing the real value of you is best for you

자신이 힘이 있거나 매력적일 때 많은 사람이 주위에 모여든다. 마치 복숭아가 아무 말도 하지 않지만 그 나무 밑에 길이 생기는 원리와 마찬가지다. 우리말에도 정승이 죽었을 때는 문상을 가지 않아도 정승 집 개가 죽으면 문상객이 줄을 잇는다는 말이 있다.

미국에도 이와 비슷한 일이 있었다.

어느 부자가 눈보라가 휘몰아치는 날 죽으면서 이런 유언을 남겼다. 자신의 장례식은 꼭 새벽 네 시에 치러 달라고.

예상대로 새벽잠을 설치면서 게다가 눈보라까지 치는 날 문상을 오는 사람은 많지 않았다. 그런데 변호사가 그의 유언을 읽는 순간 장례식장이 잠시 숙연해졌다. 자신의 그 많은 재산을 장례식장에 참석한 사람들에 한해서 똑같이 나눠주라는 것이 그의 유언이었다.

자신의 진가를 알아주고 아껴주는 사람을 만나는 것이 진정한 성공이다.

남에게 보이기 위한 성공에 집착하는 사람들이 많다. 그러나 인생을 조금 살다 보면 그것이 얼마나 무의미한 일인지 깨닫게 된다.

더 늦기 전에 곁에 있는 사람을 사랑하자.

곁에 있는 사람은 마치 낮게 달린 과일(low-hanging fruit)과 같아서 그 진가를 미처 알지 못하는 경우가 많다. 높은 곳에 달려 따기 힘든 과일만이 보물은 아니다.

질투는 여성의 전유물이 아니다
Woman does not monopolize Jealousy

사랑하는 사람이 다른 사람과 다정해 보일 때처럼 견디기 힘들 때도 없다.

정말 냉정하고 찔러도 피 한 방울 안 나올 것 같았던 레트 버틀러도 스칼렛이 애쉴리에게 속내를 보이자 질투로 미칠 것처럼 보였다.

현실의 세계에서도 정부와 한 침대에 있다 총을 맞는 사례가 적지 않다.

동물은 먹이를 두고 싸우다가도 상황이 여의치 않으면 포기한다. 그러나 영역을 침범 당했을 때는 얘기가 다르다. 목숨을 내놓고 사생결단을 한다.

남자의 질투도 마찬가지다. 자신의 자존심 영역이 침범을 당한 것이기 때문이다.

질투는 더는 여성의 전유물이 아니다. 그래서 영리한 여자들은 원하는 남자를 끌어들일 때 남자들의 질투를 이용하기도 한다. 충분히 질투를 할 상황인데도 전혀 반응이 없다면 다른 남자를 찾아보는 것이 현명한 일이다. 그런 남자는 무신경한 사람이거나 자신에게 전혀 관심이 없다고 보면 된다. 무신경한 남자를 만나 생활한다는 것처럼 무미건조한 결혼생활은 없다.

적절한 관심과 질투를 가진 남자와의 생활이 재미있다.

환락과 행복으로 가득 차 있던 에덴 동산에 '늠름한 아담과 청초

한 이브'를 보고는 사탄이 이 둘을 유혹해 우리 인류를 타락시켜 '이 지경'으로 만든 것도 바로 질투의 힘이 잘못 사용된 예이다.

비록 와이프와 헤어지는 수순을 밟고 있었다 해도 분명 리차드 기어는 '귀여운 여인'에서 창녀와 육체적인 관계를 맺는 '외도'를 했는데 반면 Unfaithful(외도)이라는 영화에서는 젊은 남자와 바람 피는 아내 때문에 몹시 고통스러워하는 역할을 하고 있다. 아내와의 정사 장면을 떠올리게 하는 흐트러진 침대와 아내가 정부에게 준 선물 등이 리처드에게 더욱 더 깊은 상흔을 남기는 장면이 기억난다.

남자도 질투가 깊으며 자존심에 깊은 상처를 입는다.

사랑은 남는다
Love will remain

요즘은 남자는 물론이고 여자도 경제력이 없으면 결혼하기가 거의 불가능하다. 우선 전세를 하나 얻으려 해도 천정부지로 값이 올라 그 비용이 만만치 않다. 이불 한 채와 그릇, 숟가락 몇 개면 되었던 과거와는 상상도 안 되는 혼수비용, 여행비용, 예물 등 끝이 없다.

결혼 연령이 계속 늦어지지 않을 수 없다.

필자 연배의 사람들이 월세라도 좋으니 사랑만 있으면 된다고 생각한 사실상 마지막 세대라고 보아도 무방하다.

한 시대를 풍미했던 작가 이문열은 레테의 연가에서 '결혼은 하나의 레테(Lethe : 망각의 강)다. 우리는 그 강물을 마심으로써 강 이편의 사랑을 잊고, 강 건너의 새로운 사랑을 맞아야 한다.'라고 말한 바 있다.

그가 이 작품을 발표한 시기에 결혼은 다분히 그러한 속성을 가지고 있었으며 불과 90년대 중반까지만 해도 그런 생각에 공공연히 반기를 든 사람들은 적어도 국내엔 그리 많지 않아 보였다.

경제력이 있는데도 결혼을 하지 않는 사람들이 늘어나고 있다. 사랑을 믿지 않거나 결혼 생활에 대한 자신이 없거나 혹은 어느 한 사람에 구속되는 인생이 싫기 때문으로 파악된다.

70년대에 유명했던 어느 여류 수필가가 독신으로 사는 여성은 겨

울에 외투가 없는 사람과 같다며 비난하는 글을 쓴 적이 있는데 지금 이런 주장을 한다면 네티즌들의 비난이 쏟아질 것이다.

　당시에도 독신을 고집한 여자들은 늘 비난이나 주변의 압력을 받았다. 세계적으로 독신이 늘어난 것은 있었던 사랑이 홀연히 실종된 것이 아니라 결혼에 대한 사회적인 압력이 거의 사라졌기 때문이다. 결혼에 대해 탐탁지 않게 생각하던 사람들의 입장에선 원군을 만난 것이나 다름없게 되었다.

　이 세계는 결혼과 사랑이라는 종교를 믿는 사람들과 그것을 믿지 않는 무신론자들의 대결로 결국 압축된 것 같다. 전황은 결혼과 사랑을 믿는 사람들에게 점점 불리해지지만 기독교가 순교를 통해 강해졌듯이 사랑도 깨지거나 죽음으로써 더욱 강해질 것이다.

오늘 하루만이라도
Only for Today

    만병통치약이 없듯이 결혼생활을 완벽하게 할 수 있는 처방이란 사실상 존재하지 않는다. 불행의 종류는 질병의 종류만큼이나 많기 때문이다. 결혼 생활을 잘 유지하는 사람들은, 옆에서 보기엔 쉬워 보일지 모르나, 대단한 암묵지(tacit knowledge)와 인내심, 매력을 가지고 있는 사람들이다. 가능하면 세대차이가 적어야 서로 이해하는 데 어려움이 없을 것이다.

    보들레르의 아버지는 재혼 당시 62세로 프랑스 원로원 사무국 고위 관리였고 어머니는 후처로 28세에 불과했다.

    그때와 같이 변화가 느린 시대에는 괜찮을지 모르나 지금은 많은 어려움이 있을 것이다. 영어권에서는 이렇게 나이 차이가 많은 결혼을 가리켜 '요람을 강탈했다(rob the cradle)'는 표현을 쓰는데 우리도 연예인들을 중심으로 나이 차가 많은 결혼이 점점 늘어나고 있다.

    어떤 때는 자신의 몸 하나 추스르기도 버거울 때가 있다. 평생 그런 경험이 없다면 부럽다기보다는 안됐다는 생각이 앞선다. 인생을 충분히 음미하고 있지 않기 때문이다. 아니면 무심한 그를 대신해 다른 사람들이 고통을 짊어지고 있을 것이다. 실제로 그런 부류의 사람들을 주위에서 보게 된다.

    처음에 높은 산의 정상을 바라보면 그 높이에 질려 올라갈 엄두가 나지 않는다. 우리가 높은 산을 올라갈 수 있는 이유는 한 걸음은 힘들지 않다는 것을 알기 때문이다.

또 나무숲이 적절히 높은 정상을 가리고 있어 등정에 대한 부담
도 덜어주고 있다.

사랑하는 사람을 정신적으로든 물질적으로든 평생 책임져야 한
다는 생각을 가진다면 큰 부담이 될 것이다. 내게 너무나 소중한 그
를 최소한 오늘 하루만은 행복하게 해주고 싶다는 소망을 가지고
작은 것부터 챙겨주면 되는 것이다.

남을 아껴 본 경험이 없는 사람들은 그 희열을 모른다. 세상에 자
신보다 남을 더 사랑하는 동물은 개 밖에 없다는 말이 있는데 그 개
의 기쁨을 그 누가 알 것인가?

이혼이 흔해지다 보니 헤어지면서 재산 분할과 관련된 갈등이 많
아졌다.

플로베르의 말대로 '금전의 요구는 사랑 위에 떨어지는 모든 회
오리바람 가운데 가장 차갑고도 환멸을 느끼게 하는 힘'을 가지고
있다. 사랑하는 마음도 사라졌는데 실속이라도 챙겨야 한다는 절박
함을 이해는 하지만 사랑의 순수함을 모독하는 저급한 결말임은 틀
림없다.

두 달도 안되어 조급하게 결혼하기보다는 사랑의 선택에 신중을
기하고 일단 선택한 후에는 그 사랑이 소멸하지 않도록 끊임없는
관심을 기울여야 하겠다.

필자 역시 예상보다 길어지는 아내의 얘기에 고개가 잠시 TV나
책으로 돌아가기도 하지만 매번 잘하겠다고 오늘도 다짐을 하곤 한
다.

역시 사랑은 여유로움의 산물이다
Love, of course, is the result of leisure

'어딘가 봄이 있을 거야' 라며 전화戰禍 속에서 사랑을 키우던 소설 속의 주인공들도 있지만 사랑은 역시 한가로움의 산물이다. 그래서 연인들이 만나는 장소는 대체로 아름다운 소품으로 한껏 장식을 한 경우가 많다.

생존에 급급하면 사랑의 낭만을 키우기 힘들다.

살아가면서 사랑의 낭만을 추구할 이유는 분명히 있다. 과시의 수단으로 이재에 골몰하다 보면 우리의 신체는 긴장을 하게 되고 긴장의 정도가 심해지면 결국 질병이 생긴다. 수명을 재촉하게 된다.

사랑은 경쟁적이고 호전적인 생각을 버리고 상생에 대한 생각을 하게 한다. 네가 죽어야만 내가 이기는 비정한 전장이 아닌 것이다. 사람은 궁극적으로 모두 다 소멸하지만 살아 있는 동안의 목표는 우아한 생존을 유지하는 것이다.

우아한 생존을 위한 요건이 많지만 그 중에서도 사랑은 최고의 조건이다.

젊고 아름다운 남녀가 사랑의 눈길을 주고받는 장면만큼 설레고 가슴 뭉클한 장면이 또 있을까?

필자의 고등학교 은사 중의 한 분인 권오길 강원대 명예교수는 생물학자로서 과학의 대중화를 위해 재미있고 유익한 칼럼을 각종 언론 매체에 꾸준히 발표하고 있다.

얼마 전 한 잡지에 나비의 사랑에 대해 게재한 글이 기억난다.

그에 의하면 튼튼하고 싱싱한 수놈은 비늘이 반짝반짝 빛나 암놈을 잘 유인한다고 한다. 반면 늙은 수놈은 비늘이 벗겨지면 자외선의 반사가 거의 없어 암놈을 유인하고 싶어도 할 수가 없다고 하니 어찌 보면 인간의 경우와 유사하다고 할 수도 있다. 따라서 젊은 시절 마음껏 사랑을 해야지 사람을 싫어하는 병misanthrope에 걸리는 것만큼 큰 불효도 없을 것이다. 자연의 이법에 거슬리는 '튀는 행동' 이기 때문이다. 요즘은

'사랑을 사랑할 용기도 없는 노처녀, 노총각' 이 너무 많아져 국가적인 문제national problem가 되고 있다.

고혹적인 여자
Femme fatal

문명은 억압이라는 말이 있다.

문명은 '일손을 더는 기계(labor saving machine)'를 통해 여가를 선사했지만 인간의 근본적인 문제를 해결하진 못한 것 같다. 배우자는 한 사람이어야 하고 사랑도 그 범위를 벗어나지 않는 것이 '문명적인 행위'다. 두 명 이상의 배우자를 가지면, 그런 관습을 허용하는 지역이 있다는 것을 알고는 있지만, 확실히 요즘에는 반문명적인 행동으로 지탄을 받기 쉽다.

말레이시아에서 만난 한 택시 운전사는 쿠알라룸푸르와 페낭에 아내를 한 명씩 두고 있는데 유지하기가 쉽지 않다고 털어놓았다.

와이프는 한 명으로는 부족하지만 두 명은 너무 많을 텐데 어떻게 살아가는지 궁금하다는 농담을 그에게 한 기억이 난다.

문명적인 억압이 문학을 탄생시켰다는 설이 있다. 특히 다혼 본능을 가진 인간이 현실에서 그 욕망을 해결할 수 없어 문학을 통해 분출한다는 것이다. '문학은 자위행위와 같다'는 라캉의 말은 일리가 있다. 물론 문학 쟝르에 따라 이런 인간의 욕망과는 거리가 있어 보이는 경우도 많으나 그것은 어디까지나 우회적인 표현이라는 것이다.

괴테는 만년에 세 번의 연애 경험이 있었는데 특히 74세라는 당시로써는 매우 연로한 나이에 19세의 우를리케 폰 레베초에 깊이 빠진 적이 있었다. 이때의 사랑하는 감정을 바탕으로 남긴 작품이 '마리안 바더의 비가(1823)'에 잘 나타나 있다.

고혹적인 여자만큼 예술적인 영감을 불러일으키는 대상은 없다. 주변에 자신에게 영감을 받아 예술혼을 불태우는 작가가 숨어 있는지도 모른다. 이런 점에서 대체로 몸치장을 잘 하지 않는 타이완 여자들이나 자신의 남편을 위해서만 예쁘게 화장한다는 일본 여자들보다 평소에 옷을 잘 입고 화장도 잘하는 우리나라 여자들이 훨씬 낫다고 생각한다.

진아眞我를 발견하는 시간을 갖자
Take some time to find yourself

여러 가지 불리한 신체적 조건에도 지상의 절대 강자로 군림해온 인간의 원동력으로 사고력과 사회성을 빼놓을 수 없다.

고독은 죽음에 이르는 병이며 삶의 의미를 상실케 하는 한계 상황이다. 외롭다고 해서 잠시도 혼자 있는 시간을 가지지 않는 것도 문제다. 진실한 자기의 모습은 오히려 혼자 있을 때 발견하는 수가 많다.

'무소유' 라는 수필로 많은 사람들의 사랑을 받아온 법정이 사람을 떠나 산 속에 움막을 짓고 사는 것도 자신만의 시간을 가지고자 하는 생각에서였을 것이다. 우리 모두가 산 속에 움막을 지을 필요는 없으나 사회에 투영된 자신이 아닌 진아를 발견하는 시간이 필요하다. 명상의 시간이 필요한 것이다.

연인들도 휴일이 필요하다. 상대에 대한 탐닉의 시간 외에 기다림의 시간이 있어야 하는 것이다.

맛과 품격이 있는 레스토랑에서 음식을 기다리면 즐거움이 배가 되는 것을 흔히 경험했을 것이다.

돈으로 쉽게 살 수 있는 성, 언제나 접근이 가능한 인터넷을 통한 욕구의 배설에 쉽게 식상하는 이유가 여기에 있다.

우리나라의 석탄 산업이 호황이던 70년대에 탄광 도시의 경기가 좋아 지나가는 개도 천 원짜리를 물고 다닌다는 우스갯소리가 있었는데 벤츠의 도시라고 할 수 있는 스투트가르트에 가보니 동네 개처럼 벤츠가 흔했다. 웬만한 택시는 다 벤츠였다.

스투트가르트가 벤츠와 보쉬의 도시라면 볼프스부르크는 폭스바겐의 도시다.

우리는 흔히 현대인은 너무 바빠 부부조차도 함께 할 시간이 부족해 이혼이 증가한다고 하지만 볼프스부르크는 주4일 근무를 시작한 1994년 이후 오히려 이혼이 70%나 증가했다고 한다. 접촉시간이 증가하면서 다툴 시간도 더 많아진 결과다.

하인에겐 영웅이 없다(No man is a hero to his valet.)라는 말처럼 함께 할 시간이 많아지면서 장점도 보이지만 단점이 더 많아지는 소위 접근갈등(approach-approach conflict)이 일어난 결과다.

혼자인 사람들은 함께 있기에 힘쓰고 함께 할 사람이 있으면 혼자만의 시간을 찾는 것이 중요하다.

나를 거부한 여인
All the women who gave cold shoulders to me

'거절이란 다른 곳을 찾아보라는 신호에 불과하다.' 또는 '다른 곳에도 고기는 얼마든지 있다.'는 격언이나 속담도 있지만 현실의 세계에서는 이를 극복하기가 쉽지 않다.

사업상 거절당하면 다른 업자를 찾아보면 되지만 사랑하고 싶은 여성에게 구애를 거절당한 것은 여러 가지 점에서 극단적인 절망감을 안겨 준다. 치정에 관련된 사건의 원인 중 가장 큰 것이 구애를 거절당한 데 있는 것을 흔히 본다.

구애를 거절당하는 것을 두고 영미에서는 broken heart라고 하는데 생명과 사랑의 근원인 심장이 깨질 정도로 아픈 것임을 잘 표현하고 있다.

동양권에서도 극한 슬픔을 표현할 때 신체의 장기를 사용한다.

옛날 원숭이 새끼를 배에 싣고 가는데 그 원숭이의 어미가 강을 따라 계속 달려가며 울부짖다가 탈진해 죽었다고 한다. 죽은 어미의 배를 갈라 보니 장이 모두 끊어졌다는 고사에서 극도의 괴로움을 표현할 때 흔히 단장의 고통이라고 하는데 사랑을 이루지 못한 고통이 이러할 것이다.

이루지 못한 것들에 대한 미련이 남는 현상을 러시아 심리학자의 이름을 따서 '자이가르닉 효과'라고 하는데 일상에서 누구나 흔히 경험하는 일이다.

자존심이 강하거나 다른 더 큰 일(big thing)에 관심이 많은 남자들은 아예 그런 여자들을 무시하지만 우리 같은 필부들은 뇌쇄적인 여자를 보면 '발이 얼어붙지(cold feet)' 않을 수 없다.

같은 남자지만 강하고 훌륭한 수컷들을 제외하곤 대부분 우리들은 내려놓지 못하고 아직도 들고 있는 이루지 못한 사랑의 추억을 가슴 한 구석 빈방에 간직하고 있다. 더구나 이들이 TV 광고에서처럼 현재 xx 렉슬 이니 xx 팰리스 같은 데 살고 있다고 들려오면 잘된 일이라고 말하면서도 아내에게는 늦어지는 이유도 말하지 않고 지나가다 지갑을 뒤져 포장마차에서 소주 한 잔을 기울이기도 한다. 이런 heart breaker들은 결혼 조건에도 밝아 경제력이 뛰어난 남자들과 결혼하는 일이 많다.

오늘도 우린 그저 그들과 같은 태양계 내에 존재한다는 것만으로 위안을 삼을 수밖에 없는 슬픈 현실에 살고 있는지도 모른다.

태양을 향해 날아가는 이카로스
Icarus flying into the Sun

사랑은 언뜻 보기에 육체를 기반으로 하는 것 같지만 사실은 고도의 심리적인 게임이다. 치밀한 계획과 정성이 없이는 이기기 어려운 경기다.

다른 게임과 다른 것은 게임에 참여하는 양자 모두 승리자가 될 수 있다는 점이다.

치명적인 매력fatal attraction을 가진 여자, 불꽃의 여자 혹은 천 명의 애인을 가진 여성과의 사랑은 예정된 불행을 향해 달려가는 것이나 다름없다. 태양을 향해 날아가는 이카로스나 마찬가지다. 이런 무모한 열정infatuation은 막아서 될 일은 아니고 실체와 온몸으로 부딪혀 깨닫는 길 밖에는 없다. 눈에 보이는 실리는 없으나 감정이 풍부해지는 계기는 되리라 본다.

사랑은 흔히 홍역과 같다고 하는데 이런 격렬하고 무모한 사랑이야말로 홍역 중의 홍역이 아닐 수 없다. 그 끝은 언제나 참담함으로 얼룩져 있다.

암울한 일제 강점기, 이룰 수 없는 사랑에 절망해 현해탄에 함께 몸을 던진 윤심덕, 김우진의 애끓는 이야기라든가 일제시대 갑부의 아들로서 기생이었던 강명화를 사랑했으나 집안의 반대로 사랑을 이루지 못해 두 사람 모두 스스로 목숨을 끊은 것, 결국 운명의 장난을 극복하지 못하고 워털루 브리지에서 차에 몸을 던지는 비비안

리와 같은 예는 너무 가슴이 아파 현실이든 영화든 더는 존재하지 않았으면 좋겠다.

군대시절 필자의 동료들이 입버릇처럼 외치던 구호 'Live by chance, Love by choice(목숨은 운에 맡기지만 사랑은 선택하라)'가 사실은 상당히 뼈있는 농담이었던 것을 깨닫곤 한다.

연인들도 재충전의 시간이 필요하다
Even lovers need time for refreshment

키스란 상대방을 승인하고 받아들이는 행동 언어다.

최근 설문조사에 의하면 많은 여자들이 연애시절 중 가장 극적인 순간은 처음으로 키스를 할 때라고 하는데 개인사에서 매우 중요한 것임이 틀림없다.

한편 역사적인 키스들도 있는데 대표적으로는 '누구를 위하여 종을 울리나'에서 게리 쿠퍼와 잉그리드 버그만의 키스, 피그말리온이 자신의 조각상에 한 키스, 열정에 못 이겨 친구의 애인에게 한 괴테의 키스 등이 있다.

열정과 재미가 끊이지 않아 지칠 일이 없는 연인들도 때로는 쉬는 시간이 필요하다. 주변도 둘러보아야 한다. 처음에는 세상이 두 사람을 위해서만 존재한다고 생각하겠지만 현실은 그렇게 단순하지가 않다.

오랜 어긋난 사랑 끝에 격정의 밤을 보낸 남자가

"이제는 나도 마찬가지지만 너도 일하러 가야지."

라고 말할 때 녹록지 않은 현실의 무게가 느껴진다.

이런 생활을 위한 행위 외에도 인간이라면 혼자만의 시간이 필요하다. 지식이 앞선 사람들과 함께 하다 보면 지식의 폭은 넓어질 수 있으나 사람의 수준은 그다지 고양되지 않는 것 같다.

예수나 석가 모두 혼자 있을 때 깊은 명상과 사색을 통해 세계의 성인으로 거듭난 것으로 생각한다.

인도의 대표적인 사상가인 크리슈나 무르티 역시 깊은 명상을 통해 세계의 스승이 되었다.

얼마 전 인도계 미국인을 만났는데 마침 그가 크리슈나 무르티와 같은 동네에 산 데다 그의 같은 반 친구가 무르티의 손녀딸이었기 때문에 무르티가 해외 강연하러 다닐 때가 아니면 그를 자주 볼 수 있었다고 했다. 그 역시 친구 할아버지인 무르티의 영향을 받아 명상을 생활화하고 있었고 60세라고는 믿어지지 않는 팽팽한 피부와 여유 그리고 마음의 평온이 느껴졌다.

외국인을 포함해 산사를 찾아 명상으로 '고요한 마음'을 얻으려 노력하는 사람들이 늘어나고 있다.

우리 모두가 명상가가 될 필요는 없겠지만 마음의 평화를 추구하다 보면 정신의 건강은 자연히 누릴 수 있을 것이다.

농작물은 농부의 발소리를 듣고 자란다
The best fertilizer is the footstep of the farmer

'솥을 지켜보면 물이 끓지 않는다(A watched pot never boils.)' 는 속담이 있는데 농작물은 반대다. 수시로 지켜보고 잡초를 뽑아주면 성장이 빠르다. 천수답처럼 하늘에서 내리는 비에만 의존하다 보면 좋은 수확을 기대할 수 없다.

식물은 동물에 비하면 지능이 형편없이 낮다고 생각할 것이다. 아니 지능이 있다고 생각조차 않을 것이다. 하지만 식물을 가꾸는 데 정통한 사람들(green thumb)은 분명 식물과 대화를 한다. 그것도 일방적인 대화가 아닌 상호 교류를 한다.

나의 어머니도 그 중 한 사람이다. 생존하기 어려운 화초도 그분 손에만 닿으면 신기하게 꽃이 핀다.

영어에서도 '농부의 발자국이 최상의 비료(The best fertilizer is the footstep of the farmer)' 라는 말이 있는데 역시 식물은 자주 관심을 두고 보살펴야 잘 자란다.

식물이 이러한데 만물의 영장이라는 사람은 말할 나위도 없다. 우리가 생각하는 것 이상으로 대단한 존재다.

릴케처럼 이집트의 여자 친구를 위해 장미꽃을 꺾다가 가시에 찔려 죽거나 찰스 램처럼 돌에 걸려 안면에 부상을 입어 사망할 정도로 미약하기도 하지만 사고의 힘은 우주의 끝에 닿아 있다.

사랑은 막대한 에너지를 필요로 한다
Love takes enormous energy

정신적인 노동은 육체적인 노동에 비해 에너지가 거의 들지 않는다는 편견을 갖기 쉬우나 잘못된 생각이다. 우리의 두뇌는 체중의 2%에 불과하나 18%의 에너지를 사용한다고 한다. 더구나 생각이 사랑으로 가득 차 있을 때는 많은 에너지가 소모된다.

그래서 한참 사랑에 열중한 연인들은 식욕도 놀라울 정도로 좋은 경우가 많다. 요식업소가 이들에 의해 유지된다고 해도 과언이 아니다.

고기를 함께 씹으면 상대에 대해 호감을 갖게된다는 연구 결과도 있다. 또 초콜릿은 미묘한 감정을 일으켜 상대에 대한 관심을 증가시킨다고 한다. 밸런타인데이 때 초콜릿을 교환하는 것에는 다 이유가 있다.

데이트할 때 같이 음식을 먹는 이유는 여러 가지가 있지만 사실은 깊은 의도가 숨어 있다. 같이 시간을 보낼 수 있다는 장점도 있지만 사람들이 하루 중 가장 편안한 시간은 수면을 제외하고는 식사시간이기 때문이다. 가장 평온하고 그래도 하루 중 상대적으로 가장 행복한 시간에 함께 하는 사람들에게 호감을 느끼는 것은 심리학의 연구에서도 입증된 바가 있다.

사랑만큼 집중력을 필요로 하는 것도 드물다.
자칫 정신을 잃으면 소용돌이의 희생이 되어 어느 순간 경기가 끝나버리고 만다. 아무리 매사에 초연한 사람이라도 일희일비하지 않을 수 없다. 열 길 물속은 알아도 한 길 사람 속을 알 수 없기 때문이다. 게다가 호사다마라고 좋은 일일수록 그를 방해하는 세력도 많게 마련이다. 산속에서의 사랑이 아닌 다음에야 주변과의 역학관계를 종합적으로 고려하지 않을 수 없다.

연애 경험이 적은 사람일수록 일단 깊이 빠지면 일상 생활에 지장을 받는 경우가 많다. 지금까지 자신이 추구해온 것이 잘못된 것일지도 모른다는 회의가 엄습해 오면 갈피를 못 잡게 된다.

70년대 이전만 해도 직설적으로 말하자면 '밥만 먹여줄 수 있는 남자'면 배우자로서 그리 나쁜 편이 아니었다. 그래서 '사람 착실하고 생활력'만 있으면 아버지들은 딸을 쉽게 내주었다.

요즘은 많은 여자들이 하이 메인티넌스(high maintenance : 각종 기념일을 챙겨주거나 끊임없이 선물 등으로 환심을 사야 하는 여자)다. 'Wining and Dining(술과 밥을 사는 일)' 외에 자신만이 여자를 행복하게 해줄 수 있다는 증거를 끊임없이 보여줘야 한다. 예전에는 결혼만 하면 남자들이 한숨을 놓을 수 있었는데 지금은 평생을 긴장 속에서 살아야 한다. 황혼 이혼이라는 것도 있기 때문이다.

이것도 선진국에 진입한 대가 중의 하나다.

사랑할 때의 감동
Awe-inspiring Love

　70대 중반까지 살았고 30세도 되기 전에 특수상대성 이론을 발표해 학계를 놀라게 했으며 40대 초반에 노벨 물리학상을 수상했던 천재 물리학자 아인슈타인이 죽기 전에 이런 말을 했다고 한다.

　'좀 더 재미있게 살았으면 좋았을 걸.'

　존엄과 명예를 천추에 전한 사람들도 후회를 하는 마당에 이름조차 남기기 힘든 보통의 사람들은 어떤 인생을 살아야 후회를 하지 않을까?

　대부분의 사람들은 기억에 오래 남을 만한 업적보다는 생계를 어려움 없이 꾸려나가기에도 벅찬 것이 현실이다. 사람마다 인생관이 다르기 때문에 어떤 것이 좋다고 단정하기는 쉽지 않으나 평범한 사람들에게는 훌륭한 사랑을 경험하는 것이 육체와 정신 모두의 건강에 좋다.

　웃음은 과학적으로도 그 효능이 입증된 바 있다.

　면역력을 증가시키는 효과가 탁월한 웃음도 감동을 받을 때에 비하면 아무것도 아니다. 난치병에 걸린 불우한 사람들을 돕는 행위도 더할 나위 없이 감동적이나 필자의 생각으로 볼 때 더 감동적인 것은 사랑할 때의 감동이다.

　사랑이 좋은 것은 자신이 누군가에게 중요한 존재가 되는 것이다. 더구나 그가 남이 부러울 정도로 매력적이거나 능력을 가진 사람이라면 그 기쁨은 배가 된다. 유명한 남자보다는 평범한 남자를 배우자로 원하는 여자들도 있지만 많은 여자들이 능력 있는 남자들에게 끌리는gravitate 것은 불변의 진리다.

요즘 사람들은 너무 바쁘다.

은퇴해서 파고다 공원에 갈 때가 되지 않는 한 처리해야 할 일도 많고 만날 사람도 많다.

그렇기에 자신만을 위해 시간을 내주고 자신의 말을 경청하며 자신의 견해에 적극 찬동하는 사람을 가진다는 것은 정말 어마 어마한 특권이 아닐 수 없다.

과거와 같이 변화의 속도가 느리고 동네 사람을 제외하곤 만날 사람도 없는 데다 따라서 별 신경 쓰지 않아도 세상의 흐름을 따라가는 데 어려움이 없었을 때는 사랑하는 사람이 있다는 게 별 자랑이 못되었다.

요즘은 경쟁상대가 너무 많아졌다. 고독을 덜어주는 각종 영상장치, 인터넷, 컴퓨터 게임, 애완동물 등 관리해야 할 것이 헤아릴 수 없이 많다.

영화 같은 사랑을 꿈꾸며
Dreaming of Fantastic Love

예전에 특히 지체가 높은 집안의 정실이 되는 것은 쉬운 일이 아니었다. 기본적으로 양반 집안 출신이어야 했다.

왕족이 결혼할 때는 금혼령을 내려 배우자를 간택했다. 궁녀도 승은을 하면 빈이나 소의가 되기도 했지만 원칙적으로 왕의 정비가 된 경우는 많지 않았다. 상궁이나 정식 궁녀가 아닌 나인이 승은을 하는 경우는 매우 드물었다.

일개 동궁 시비였던 권순임은 나중에 문종이 된 세자의 총애를 받아 일약 승휘가 되었다. 승휘란 내명부의 벼슬로 종4품인데 궁녀들 중 최고의 어른으로 모든 궁녀들이 무서워하던 제조상궁이 정5품이었으므로 신데렐라도 이보다 더한 신데렐라가 없었다.

결국 승휘 권 씨는 세자빈이 되어 단종을 낳고 현덕왕후로 불리며 천추에 그 이름을 남길 수 있었다.

오프라 윈프리처럼 줄루족이 재력과 명성 면에서 세계적으로 이름을 알리는 것은 쉽지 않으며 오프라가 사실상 거의 마지막이라고 봐야 한다.

사회학자로 이름이 높았던 밀스(1916~1962)는 이미 50년대부터 미국에서도 계층이 사실상 고착되어 하위계층에서 상위계층으로 진출하는 것이 매우 어려움을 지적한 바 있다. 선진국이 된다는 것은 사회의 시스템이 자리를 잡아간다는 것을 의미한다.

영화 '사관과 신사'에서 보듯이 중산층이라 할 수 있는 파일럿과 결혼하는 것도 대단한 신분 상승이다.

　현실에서는 도저히 일어날 것 같지 않은 일을 얘기할 때 흔히 '영화 같은 이야기'라고 하는데 가능성이 작다고 해서 꿈도 꾸지 말라는 법은 없다.

　꿈을 꾸지 않으면 절대 꿈을 이룰 수 없지만 꿈을 꾸면 이룰 수 있는 확률은 훨씬 높아지게 된다. 실제로 어떤 세계적인 건축가는 설계를 하기 전에 항시 머릿속으로 그 내용을 그린 다음 착수하곤 했는데 그것이 그의 성공 비결이라고 말한 적이 있다.

　인간의 두뇌란 믿을 수 없는 힘을 가지고 있지만 때로는 머릿속으로 그린 것과 실제를 구별하지 못하기도 한다고 한다. 따라서 유쾌한 기분이 아닌데도 억지로라도 웃으면 웃었을 때의 효과와 마찬가지로 신체에 여러 가지 유익한 결과를 낳는다고 하며 실제 실험으로도 입증된 바 있다.

사랑은 특권을 허락하는 것이다
Love is to accord the privilege of access

　누구나 처음 사랑할 때 연인보다 소중한 사람은 없는데 그 이유는 지상에서의 한정된 시간을 함께 하는 유일한 사람이기 때문이다. 그러므로 동반자가 된다는 것은 상대방에 대해 많은 특권을 가진다는 것을 의미한다.

　사람의 능력과 영향력, 재력에 따라 사회적인 가치는 달라질 수 있으나 그것은 어디까지나 인간의 존엄성을 고려치 않은 천박한 이상적인 잣대에 불과하다. 생계 때문에 남의 화장실을 치우기도 하고 자신의 의견을 굽혀야 할 때도 있지만 계약시간이 끝나면 누구도 나를 함부로 할 수 없다. 그만큼 우리 개인은 모두 지상에서 그 무엇에도 견줄 수 없을 만큼 소중한 존재들이다.

　사랑한다는 것은 자신의 문을 여는 것이다.

　속마음을 공유하는 것이다.

　속내는 동성 친구하고도 공유할 수 있지만 사랑하는 사람들의 특권이라면 성애를 통해 일체감을 즐길 수도 있다.

　성애의 즐거움이야말로 특권 중의 특권이다. 인류를 지상에 존재케 해주는 시원의 에너지다.

　또 귀중한 노동의 대가로 힘들게 모은 자원을 상대방의 유익을 위해 소비한다. 이건 정말 실제적인 즐거움이 아닐 수 없다.

　과거에 가뭄이 몇 년씩 계속되거나 가렴주구가 지속될 때는 음식을 함께 하는 것이 가장 큰 특권이었다. 누구나 단조로운 것을 싫어하지만(회사에서의) 단조로움이 우리에게 식료품을 주는 것도 사실이다(No one likes monotony, but it's the monotony that brings home the bacon). 지금도 이 자원은 우리에게 많은 자유를 준다.

시간은 생명이다.
그 이유는 시간이 지나면 모든 생명은 소멸하기 때문이다.
시간을 투자한다는 것은 생명을 주는 것이다. 더 소중한 것은 있을 수 없다. 연인들만이 이 소중한 것을 함께 나눌 특권이 있다.

특권을 허락 받는 것에 대해 부담을 가질 필요는 없다. 사랑이란 가장 달콤한 부채sweetest debt이기 때문이다. 갚지 않아도 되고 오히려 준 사람이 받은 사람에게 무한한 감사를 표시하는 지상에서 유일한 부채다.

후회하지 않는 인생
How to spend an unregrettable life

　짧게는 1시간, 보통 2~3일, 길어야 3주일을 산다고 하는 하루살이에 비하면 인생이 길다고 하는 사람도 있지만 우주적인 시간에 비하면 짧기만 한 것이 인생이다. 어떻게 사는 것이 후회하지 않는 인생을 사는 것이라고 감히 자신 있게 말할 수 있는 사람이 얼마나 될까? 종교인들과 철학자들 혹은 사회적으로 성공했다는 사람들은 나름대로 할 말이 많을 것이다.

　하지만 그렇게 예술 같은 인생을 살만큼 현실이 녹록지는 않다.

보통의 사람들은 생업에 충실하면서 가족의 생계를 유지하고 주위의 사람들로부터 인심을 잃지 않을 정도의 처신만 해도 잘하는 것이다.

　여기에 사랑하는 사람들이 끊이지 않고 있었다면 어느 기준으로 보든 성공적인 삶을 산 것이 아닐까.

　예술이라는 것은 결국 우리의 인생이 풍요해지도록 돕는 것인데, 어떤 이들은 '인생의 예술' 이야말로 가장 귀중한 것이라고 한다.

　유명한 스타는 아니지만 우리 주변에 그들로 인해 세상이 밝아지고 힘이 되는 사람들이 있다. 그들은 특히 어려운 일을 당했을 때 나타나 말없이 큰 힘이 되곤 한다. 인간에 대해 실망하고 마음의 문을 닫으려 할 때마다 그들을 보고는 인간만이 희망이라는 생각을 하게 된다. 이런 일이 가능케 하는 사람들을 전통적인 개념으로는 설명하기 힘들지만 분명 이런 사람들도 예술가라 할 수 있다는 주장이 설득력을 갖는다. 이들은 인생의 예술가로 하루하루 나름대로 작품을 만들고 있다.

자신의 기쁨을 위해 발휘하는 예술적 재능보다 다른 사람에게 힘이 되고 즐거움이 되게 하는 인생의 예술이야말로 사실은 가장 매력적인 예술이 아닐까 생각해 본다.

사랑은 흙을 별이 되게 하는 것이다
Love makes dust a star

사랑은 별을 흙이 되게 하고 흙을 별이 되게 하는 것이다.

사랑에 빠지면 검은 눈의 시녀도 왕비가 되고 강대국의 실권 있는 왕위도 포기한다. 평범한 여배우가 왕비가 되며 무명 댄서가 유명한 여배우의 애인이 되기도 한다. 이보다 주목받지는 못하지만 무수한 사랑이 매일 지구상에서 생겨난다.

사랑이 좋은 것은 다른 사람이 알지 못하는 나의 진정한 가치를 사랑하는 그가 알아주는 것이다. 지상에 태어난 보람을 느끼게 해주는 것이다. 거친 풀 속에 가린 채 아무도 찾지 못하는 다이아몬드인 나를 발견해내는 것이다. 사랑의 마법을 잘 모르는 이들은 어울릴 것 같지 않은 커플들이 다정한 것을 보고 다들 한마디씩 한다.

대학 교육이 대중화된 미국도 1900년대 초에는 대학 교육을 받은 성인이 5%도 안되었다.

이는 영국도 마찬가지였다. 더구나 이보다 이전인 1870년대에 맨체스터 대학교를 장학생으로 입학했던 수재 기싱의 앞날은 탄탄대로처럼 보였다.

그러나 운명의 장난이었을까? 그는 매춘부와 사귀게 된다. 얼마 후 그녀를 매음굴에서 구하기 위해 절도죄를 범하자 투옥되었고 당연히 퇴학을 당했다. 극도로 가난했지만 매춘부였던 애인과 결혼했고 경제적으로 어려운 가운데 작품활동을 계속해 영국 자연주의의 대표적인 작가가 되었다. 사랑의 힘 없이는 불가능한 일이다.

가족이 된다는 것은 그 가족사를 함께 공유한다는 것이다.

국가와 마찬가지로 개인도 영광의 역사만 있을 수 없다. 삼전도 같은 치욕의 역사가 있게 마련이다.

신혼 때 압구정동에 잠시 산 적이 있는데 정상급 대기업 자녀의 불행한 사건들이 들리기도 했다. 돈이면 대부분의 문제가 해결되는 세상에서 수천억 원 이상의 재력가들도 문제들을 가지고 있는데 보통 사람들이야 말할 나위도 없다.

사랑이 아름다운 건
Why Love is beautiful

사랑이 아름다운 건 이별의 슬픔을 머금고 있기 때문이다. 인간의 생명이 유한하다는 점이 역설적으로 인간을 더욱 소중한 존재로 만드는데 사랑도 마찬가지다. 소중한 사랑일수록 단명하게 마련이다. 풀잎 끝에 영롱하게 맺혔는가 싶었는데 어느새 사라져 버리는 이슬과 같다.

사랑이 이슬과 같이 덧없다고 해서(ephemeral) 그 가치마저 덧없는 것은 아니다. 메마른 사막의 식물에 결정적인 역할을 하는 이슬과 같이 사랑은 이 무미 건조한 인생과 세계에 생명수를 공급하고 있다.

생명수가 중요한 것은 구태여 사막에 가보지 않아도 안다. 우후죽순이라는 말도 있지만 비가 온 며칠 후 상추밭에 가보면 물의 위력을 새삼 실감할 수 있다. 아기 손보다 작던 상추가 어른 손바닥보다 큰 잎으로 온 밭을 덮는다. 좀 과장해서 말하자면 상추를 뜯고 난 후 어쩌다 뒤돌아보면 또 몇 센티쯤 자란 것 같은 느낌을 받을 정도다.

우리의 험난한 인생 길에 사랑이야말로 마라톤 코스 곳곳에 놓여진 생수와 같다. 자신이 추구하는 인생의 목표 외에 사랑을 추가시킨다면 누구나 풍요로운 인생이 될 것으로 확신한다.

Chapter · 4

인생을 예술처럼
Live an art - like life

사랑은 생명입니다

김광훈

사랑은 생명입니다.
그것은 피닉스의 메마른 사막에
피는 꽃입니다.

사랑은 희망입니다.
그것은 사악한 힘을 몰아내는
보이지 않는 힘입니다.

사랑은 사명입니다.
사랑을 위해 시간을 내지 못한다면
인생을 살았다 할 수 없습니다.

사랑한 삶은 성공한 것입니다.
그것은 모든 실패를 침묵케 하는
위대한 힘입니다.

Love Is Life

Kwang H. Kim

Love is life
It's a flower that blooms
in the arid desert of Phoenix

Love is hope
It is an invisible power
that drives out the devil.

Love is our mission.
You have not lived a life unless
you, for love, find some time to relax

Love brings the success in life.
It is a great power
that keeps all the failures tranquil.

미국 사법 사상 최고의 판사로 꼽히는 올리버 홈즈 주니어는 91세까지 대법원 판사로 재직했다. 60세가 넘어 미국 대심원 판사를 시작으로 30년 동안 재직했는데 판사라는 위치와 나이에 구애받지 않고 진보적인 반대의견을 많이 피력했으므로 그를 위대한 반대 의견자The great dissenter라고 불렸으며 매우 훌륭한 판사였다.

93세 때 플라톤을 읽고 있자 그를 방문한 프랭클린 루즈벨트 대통령이 그 이유를 물으니 '수양을 쌓기 위해서' 라는 대답을 한 것으로 유명하다. 그는 법원 재직 시에 다른 동료에 비해 지적인 능력이 훨씬 뛰어나다는 평가를 받는데 평소 그의 이러한 노력과 무관하지 않은 것으로 보인다.

그의 아버지 역시 뛰어난 산문가며 하버드 대학교의 교수를 지낸 사람이었지만 배경을 믿지 않고 자신의 길을 스스로 개척한 것으로도 유명하다. 만일 여러분이 올리버보다 나이가 많지 않은데도 무언가 유용한 일을 계속 하고 있지 않다면 문제가 있는 것이다. 홈즈 판사가 90세 때 동료 판사와 길을 가다 젊은 여자가 지나가자 동료에게

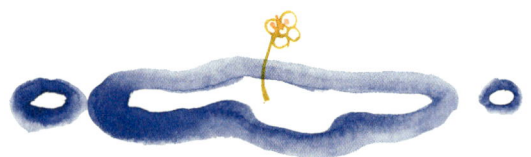

"내가 다시 70세만 된다면 뭐든 다 주겠다."
고 한 말은 깨닫게 하는 바가 크다.

　필자가 면목동에 살던 1970년대 말, 80세가 넘은 이웃집 할머니가 마당의 의자에 앉아 '왕비열전'을 읽고 있던 모습이 생각난다. 인생의 황혼기에 접어들어 지나간 시절의 추억을 떠올리며 여유로운 시간을 보내는 것이 인상적이었다. 그도 격정의 20대나 '가슴 설레는' 사랑을 하던 시기가 있었을 것임을 생각하고 가슴이 뭉클해졌던 기억이 난다.

인기 있는 사람은 적도 많은 법이다
A tall tree catches much wind

도올 김용옥을 좋아하는 사람도 많지만 싫어하는 사람도 적지 않은 것으로 알려져 있다. 양귀자의 소설 '모순' 이 인기 소설이라는 여론 조사도 있었지만 그 조사는 또한 구입한 것을 후회하는 책이라는 다소 모순된 발표를 한 적이 있다.

한국에 우호적인 나라도 있지만 한국이 조그만 잘못이라도 하면 침소봉대하며 쾌재를 부르는 나라들도 있다. 특히 과거에 한국이 어려울 때 경제적인 지원을 했는데 생각보다 큰 성공을 거두고 일부 첨단 산업 분야에서 자신들과 경쟁을 하니 내심 불쾌한 것이다.

위대한 인물에게는 항상 위대한 적이 있다는 말이 있다. 그와 선의의 경쟁을 하기 때문에 더욱 위대한 업적을 만들어내는 것이다.

언젠가 처칠이 대중들에게 정치 연설을 하자 한 여성이 다가와서 "이 군중들을 보세요. 당신같이 연설을 잘하는 분은 처음이에요." 라고 말했다. 그러자 처칠이 말했다.

"칭찬해 주시니 감사합니다. 하지만 전 많은 군중이 모일 때마다 이런 생각을 합니다. 만일 나를 교수형에 처한다면 이 군중은 두 배나 많을 것이라고."

우리에게 좋은 노래를 많이 남기고 젊은 나이에 스스로 생을 마친 김광석은 평소 주변의 시기에 대한 압박을 견디지 못한 것으로 보인다. 그래도 팬들과 가족을 생각했다면 그런 극한 행동을 하지 말아야 했다.

오늘같이 흐린 날에는 〈일어나〉, 〈흐린 가을 하늘에 편지를 써〉 같은 그의 노래를 듣고 싶다. 떠나고서야 더욱 진가를 알게 되는 가수가 있는데 특히 김광석이 그렇다. 생전에 그 진가를 알았던 사람은 행복한 사람이다.

사랑이 소멸하기 전에 알고 상미할 수 있다면 행복할 것이다.

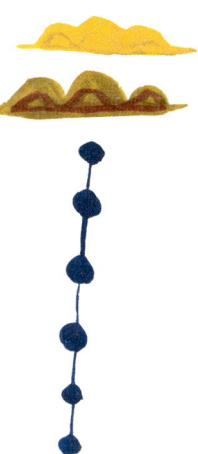

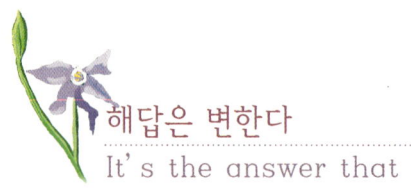

해답은 변한다
It's the answer that changes

영원한 진리라고 믿었던 것들조차 도전을 받고 있다. 흥부가 무능의 화신으로 묘사되는가 하면 이순신 장군의 인간적인 약점을 찾아내고 원균의 입장을 옹호하는 시각이 그렇다.

원균은 비교적 좋은 출신에 초기에는 혁혁한 무공을 세운 맹장이었다. 출신도 미미하고 오랫동안 미관말직에 머물던 이순신이 승승장구하자 분을 못 이겨 모함을 했을 것이다. 원균은 육지에서는 맹장이었지만 해상전투에는 경험과 능력이 부족했다. 이를 인정하고 물러났더라면 역사에 오점을 남기지는 않았을 것이다.

미국에서는 돈을 많이 번 사람들이 성공의 대명사였으나 지금은 대부분 삶의 질을 우선한다. 그러한 시각이 점차 설득력을 얻기 시작했을 때 유행한 말이 "자기 생활도 좀 가지라구!(Get a life!)"다.

이십여 년만에 모교에 들렀다가 자신이 예전에 치렀던 시험 문제와 별 차이가 없는 것에 놀란 사람이 교수에게 어찌 된 일이냐고 물었다. 그러자 교수가 대답했다.

"문제는 항상 같은 거라네. 변하는 것은 정답이지(The problem is always same. It's the answer that changes)."

누구나 지상에 존재할 가치가 있다
Everybody is worth existing on Planet Earth

지금도 지상에는 하루에 36,000여 명의 어린이들이 순전히 기아 또는 기아로 인한 질병으로 죽어가고 있다. 그런 사진들을 볼 때마다 인류는 평등하다는 믿음이 도전을 받는다. 그럼에도 용기 있는 사람들이 있어 인류의 미래를 굳건히 지키고 있다.

최선의 방어는 공격이라는 말도 있지만 이것도 전력이 우세할 때 얘기지 방어하기에도 급급한 형편일 때는 적용될 수 있는 말이 아니다.

골리앗과 상대한 다윗처럼 객관적인 전력상 비교조차 되지 않을 때 사람이 가질 수 있는 유일한 무기는 용기courage다. 그래서 반지의 제왕에서도

"제군들이 가지고 있는 최상의 방어 무기는 용기다(Courage is the best defense you have now)"라며 속으로는 두려움에 떨고 있는 병사들을 고무하는 것이다.

병력과 무기에 압도되다 보면 우리가 미물이라고 생각하는 말조차도 안절부절못하며 병사들 사이에는 무거운 침묵이 흐르게 마련이다(The horses are restless and the men are quiet).

우리도 사실은 매일 매일 총성 없는 전투를 치르고 있다(Everyone is fighting a daily battle). 특히 회사와 같은 영리 집단에서는 성공을 위한 사다리(ladder of success)에 오르기 위한 선의의 경쟁(rat race)이

계속 되고 있다.

자신의 제품에 결함이 있을 때는 그동안의 비즈니스로 맺어진 관계도 물거품이 되기 쉽다. 누군가는 책임을 져야 하기 때문이다. 책임을 지지 않는다 하더라도 자신의 회사가 타격을 받으면 자신의 미래도 보장받을 수 없기에 모두가 필사적이 된다.

겉으로는 무사한 듯 보여도 속으로는 감내할 수 없는 압박감 pressure을 견디지 못해 정신과 의사와 상담하는 사례가 적지 않다. 특히 위로 올라갈수록 먹는 것은 좋아질지 모르나 더욱더 고독하게 마련이다(It's lonely at the top but you eat better).

누구나 이렇게 힘든 전투를 치르고 있기에 소중한 사람들이며 지상에 존재할 가치가 있는 것이다.

희망은 생명의 원천
Hope is the source of life

희망에 속지 말라는 말이 있는데 한
때 이를 수용했지만 지금은 반대한다.
사람들이 고생이나 위험을 무릅쓰고
힘들게 일하는 것은 더 나은 미래가
있다고 생각하기 때문이다.

일할수록 상황이 악화된다면 일할 사람은 없을 것이다.

어느 미국인이 아일랜드에서 배낭여행을 하다가 몹시 피곤하고
지쳐 마을에 들러 쉬다가 가려 했다. 마침 지나가는 사람에게 마을
까지 가려면 얼마나 남았느냐고 했더니 1마일만 가면 된다고 했다.
그러나 1마일쯤 가도 마을은 나타나지 않고 눈앞은 표묘하기만
했다. 그래서 다시 지나가는 사람에게 물어보니 1마일만 더 가라는
것이었다. 역시 마을은 나타나지 않았고 이러한 과정을 수차례 반
복한 다음에야 마을에 도착할 수 있었다.

다음해에 이 미국인이 다시 아일랜드를 여행하게 되었는데 우연
히 첫 번째 길을 물었던 사람을 만나게 되었다. 그는 1마일만 가면
도착한다던 마을이 5마일 이상이나 가서야 찾을 수 있었다고 말하
며 왜 그 때 제대로 가르쳐 주지 않았느냐고 항의했다. 그러자 그
경험 많은 아일랜드 사람은 피곤하고 지친 사람에게 사실대로 알려
주면 그 자리에 주저앉고 말기 때문이라고 말해 주었다.

잘 아는 대로 판도라는 호기심에 못 이겨 절대로 열어서는 안 되는 상자를 열었는데 그 결과 이 세상에 온갖 문제와 좋지 않은 것들이 생겨났다는 것이다.

뒤늦게 문제를 깨닫고 뚜껑을 닫자 제일 행동이 느리던 희망만이 상자 속에 갇히게 되었다.

이후로 인간은 아무리 어려운 일이 생겨도 희망이 있기에 이에 의지해 살아갈 수 있게 되었다고 한다.

지구상에서 가장 행복한 사람
The happiest man on earth

　세계적인 기업가나 정치가도 행복한 사람이 될 수 있다. 자신이 원하는 바를 성취했기 때문이다. 그러나 우리의 이러한 일반적인 상식을 보기 좋게 뒤엎는 여론 조사가 영국의 한 신문을 통해 이루어졌다. 그 조사에 의하면 가장 행복한 사람들은 다음과 같다.

- 하루 종일 바쁘게 보낸 엄마가 아기를 욕조에서 목욕시킬 때.
- 해변에서 모래성을 쌓고 지켜보는 아이.
- 인고의 노력 끝에 작품을 완성하고 차를 마시면서 그를 바라보는 예술가.

　이 신문에는 없었을지 모르지만 남편과 자녀를 위해 저녁 식사를 준비하는 전업주부도 행복한 사람들 중의 하나가 아닐까 생각한다.

　격언에도 있듯이 행복해지기란 쉬운 것이다.
　남들보다 더 행복해지려 하니 행복을 느끼기가 어렵다. 행복을 흔히 '분에 넘치는 상태' 라고 잘못 생각하기 때문에 불행한 사람들도 많다.

　몇 년 전만 해도 번듯한 직장에서 직원들의 결재서류를 받던 사람이 시력을 잃고 결국은 구조 조정의 대상이 되어 식당 일을 하는 아내의 도움으로 생계를 이어가는 딱한 사정을 들은 적이 있다. 생

활은 어려워도, 시력만 온전하면 못
할 일이 없는데 사람들은 이런 것을
너무도 당연하게 여기고 있다.

고통은 지나가지만 아름다움은 남는다
The beauty remains; the pain passes

야수파 화가로 오달리스크 등 많은 작품을 남긴 마티스는 자신보다 28살이나 많은 거장 르누와르와 절친한 친구 사이로 지냈다.

르누와르는 말년에 관절염으로 고통을 받으면서도 작품 활동을 중단한 적이 없는데 곁에서 지켜보던 마티스가 도대체 그렇게 고통스러우면서도 그림 그리기를 중단하지 않는 이유가 뭐냐고 묻자

"고통은 지나가지만 아름다움은 남기 때문이라네."

라고 말했다 한다.

르누와르는 가난한 양복장이의 아들로 태어나 13세부터 도자기에 그림을 그리는 일을 시작하는 등 초년부터 고생이 많았으나 예술혼을 발휘, 작품활동에 정진해 59세 때에는 프랑스 최고 훈장인 레지옹 도뇌르 훈장을 수상하기도 했다.

그는 프랑스 미술의 우아한 전통을 근대에 계승한 최대의 공로자로 평가받고 있다.

르누와르는 죽기 전까지 14년 동안이나 관절염으로 고생을 했는데 그가 죽기 불과 2년 전에 불후의 명작인 '목욕하는 여인들'을 발표했으니 인류를 위해 얼마나 다행인지 모른다.

도스토옙스키의 '죄와 벌'은 설명이 필요 없는 불후의 명작인데 뜻밖에도 작가가 이 소설을 쓸 때는 경제적으로 가장 궁핍한 시절이었다.

형과 함께 하던 잡지사가 형의 사망과 함께 실패한데다 유가족의 생계까지도 책임져야 하는 중압감에 시달리고 있었다. 더욱이 빚쟁이들은 그를 교도소에 보내겠다고 위협을 하고 있었다. 그 이전에도 그는 사상범으로 몰려 허울 좋은 칭호에 불과하긴 했지만 귀족의 칭호도 박탈당하고 8개월 동안 교도소에 갇혀 있었으며 그것도 모자라 사형선고를 받고 집행되기 직전에 황제의 특사로 면제되어 목숨은 건졌으나 4년 동안 시베리아로 유형을 가게 된다.

이런 극한적으로 고통스러운 상황을 이겨내고 쓴 이 작품으로 작가는 세계적인 명성을 얻게 된다.

열정도 전염된다
Passion is contagious

하품은 전염된다는 말이 있다. 과학적 근거는 따져봐야겠지만 분명 현실의 세계에서는 맞는 말이다. 하품이 그렇듯이 열정도 전파된다.

로버트 슐러 박사가 언젠가 연설하기 위해 회의장에 들어서자 냉소적인 시선이 그를 맞이했다. 몇 사람이 그런 시선을 보내면 그런 분위기가 전체적으로 확산되는 것은 시간문제다.
당연히 강연은 별로 큰 성공을 거두지 못한 채 끝나고 말았다.

그의 강연이 끝난 후 다른 연사가 등단했는데 처음 입장할 때부터 만면에 웃음을 띠고 시작하더니 열띤 강연을 끝까지 이끌어갔다. 깊은 인상을 받은 슐러 박사가 어떻게 그것이 가능하냐고 했더니 그는 강연 시작 전 꼭 밝은 미소를 보내는 자신의 모습과 그에 화답하는 청중들의 모습을 꼭 마음속에 깊이 그린 다음 강연에 임한다고 했다.

산업체의 명강사는 그 대우가 프로 야구 선수에 못지 않으며 상당한 유명세도 누린다. 어느 명강사의 강연을 들은 적이 있는데 연단에 서자마자 예의 밝은 미소로 청중들을 압도하더니 시종 활기

차고 유익한 강연을 진행했다.

당신이 생각하는 것이 당신의 모습이다!
당신이 강하다고 생각하고 느끼면 실제로도 그러하다.
당신 신체의 세포도 당신의 생각에 따라 새로운 에너지로 즉시
충전될 것이다.

천재들의 기행

There is a close link between genius and abnormal behavior

천재들은 확실히 엉뚱한 구석이 적지 않다.

달걀 대신 회중시계를 삶기도 하며 난로에 다가갔으나 뜨거운 것도 모른 천재도 있었다.

해롤드 우레이는 노벨 화학상을 탄 탁월한 과학자였다. 어느 날 그가 대학 캠퍼스에서 길을 걷다가 동료 교수를 만나 몇 분 동안 애기를 나누었다. 대화를 마치고 그가 물었다.

"내가 자네를 만날 때 어느 쪽으로 가고 있었나?"

"이쪽으로 가고 있었지."

"그렇다면 점심을 먹었군."

니체가 자국의 문필가들을 형편없다고 맹비난한 반면 모파상은 천재적인 작가라고 극찬한 바 있다. 그 명성에 걸맞게 모파상은 1880년부터 11년 동안 약 300편에 달하는 단편 소설을 썼다.

모파상은 미국의 에드거 앨런 포, 러시아의 안톤 체호프와 더불어 세계 3대 단편 작가인데 1892년에 갑자기 목을 끊고 자살을 시도하는 기행을 저질렀고 급기야 그 다음 해 겨우 43세로 생을 마쳤다.

포 역시 1836년 14세밖에 되지 않은 버지니아와 결혼하는 기행을 펼치면서 단편을 계속 발표했으나 생전에는 문학적인 탁월성을 인정도 받지 못한 채 가난 속에서 아내를 잃고 2년 뒤에는 자신도 볼티모어의 노상에서 최후를 맞았다. 스탕달이 당대에는 작가로서 별다른 인정을 받지 못하다가 거리에서 쓰러져 죽은 것을 연상케 한

다. 오죽 억울했으면 죽은 그의 옷 주머니에서
  '100년 뒤에는 자신의 진가를 인정받게 된다.'
는 유서가 발견되었을까.

　우리에게 '귀여운 여인'으로 잘 알려진 체호프는 모스크바 의대를 나온 의사였지만 창작에 전념해 좋은 작품을 많이 남겼다. 우리나라 88올림픽 개최 결정을 한 곳으로도 유명한 독일의 휴양도시 바덴바덴에서 겨우 44세를 일기로 세상을 마쳤다.
　톨스토이가 82세, 도스토옙스키 60세, 고리키가 68세를 사는 등 이 시대 작가라고 모두 단명한 것이 아니었건만 공교롭게도 뛰어난 단편 작가들 모두 40대 중반을 넘기지 못하고 요절한 것은 세계 문학사에 아쉬움이 남는 부분이다.

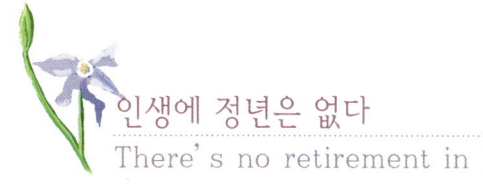

인생에 정년은 없다
There's no retirement in life

　미국인들은 요즘 일찍 은퇴하는 것이 꿈이라고 한다. 우리나라는 정년퇴직하면 그 순간부터 사람이 폭삭 늙어 버리는 일이 많은 데 비해 미국은 일찍 은퇴하면 부러움의 대상이 된다. 심지어 삼십대에 노후에 쓸 돈까지 번 사람이 은퇴하는 일도 적지 않다고 한다. 그들은 은퇴 후에 피닉스나 선시티 등 노인들이 살기 좋은 동네로 이사가 여생을 보낸다.

　죽을 때까지 일에서 벗어나지 못하는 게 안쓰럽기는 하지만 그것이 인류를 위해 공헌하는 것이라면 자신이 받은 재능을 아낌없이 발휘하는 것이 바람직하다고 본다.

　위대한 수학자 오일러는 76세에 운명했는데 죽는 당일에도 행성의 운동에 관한 수학적인 계산을 한 것으로 유명하다. 두 눈 모두 시력을 잃는 불행을 겪었는데도 오히려 그 이후 더 많은 저서를 냈다고 한다. 그는 수학의 거의 모든 분야에 큰 영향을 끼쳤는데 저술한 책의 목록만 해도 50쪽에 달한다고 하니 저서가 얼마나 방대한지 짐작이 간다.

　버나드 쇼는 영국의 대표적인 극작가며 비평가로 69세에 노벨 문학상을 받은 이후에도 94세로 사망할 때까지 끊임없이 집필에 몰두했다고 한다. 그러한 정열과 의지가 있었기에 그렇게 장수하며 많은 작품을 남긴 것으로 보인다.

자신의 인생을 살자
Live your own life not somebody else's

우리나라 부모들처럼 불쌍한 인생을 사는 사람들도 세상에는 별로 없을 것이다. 주부가 자녀의 과외비를 대기 위해 파출부를 하거나 심지어 매춘을 하기도 한다고 한다. 이는 성경을 읽기 위해 초를 훔치는 것과 같다.

아무리 명분이 고상하다 해도 수단이 정당하지 못하면 안 된다.

남편의 수입이 생활하는 데 턱없이 부족해 파출부를 하거나 식당 일을 하는 것은 어쩌면 당연한 일이라고 할 수 있다. 그러나 그것이 과외비를 조달하는 것이라면 문제가 보통 심각한 것이 아니다. 선진국에서 이런 현상을 보면 도저히 이해가 가지 않을 것이다.

우리의 행태는 자연의 이법에도 맞지 않다.

독수리는 처음에 새끼를 아끼다가도 떠나야 할 때가 되면 둥지에 가시를 넣어 새끼가 있고 싶어도 더 머물 수 없게 한다는 얘기가 있다.

자녀를 진정 아낀다면 잘 떠날 수 있도록 해주는 것이 좋다. 독립해야 할 시기를 넘긴 채 부모 곁에 기생해 사는 젊은이가 121만 명이나 된다는 통계도 있는데 정말 심각한 일이 아닐 수 없다.

결혼할 때 바리바리 실어 보내는 것도 아직 변하지 않았다. 결혼한 후에도 툭하면 친정에 찾아와 눌러 있다 가거나 경제적인 지원을 요구하는 경우도 있다. 부모들은 시집간 딸이 남편과 문제가 생기거나 불행한 일이 있을 때 노심초사한다. 예전엔 이게 부모의 도리라거나 사랑이라 생각하는 사람들이 많았다.

자신이 하고 싶은 일, 먹고 싶은 것, 즐기고 싶은 것을 보류하거나 포기한 채 희생하는 것은 생각해 볼 일이다.

진짜 문제는 여기에 있지 않다.

대부분의 자녀는 그러한 헌신적인 지원을 당연하게 여겨 별로 고마워하지 않으며 부모들은 자신도 모르게 자녀의 물질적인 것을 포함한 효도를 바라게 된다. 여기서 갈등이 심화하고 순수한 애정이 발붙일 틈조차 없는 관계가 된다.

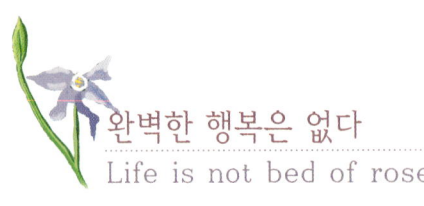

자영을 하지 않는 한 우리는 누구에겐가 고용되어 있다.

필자를 포함해 대부분의 사람들은 우리 사회가 제시한 성공의 기준에 세뇌되어 있다. 많은 돈과 높은 지위, 대형 평수의 아파트, 저택 그리고 그림 같은 가족 또는 매력적인 신체가 그것이다. 물론 이러한 것들이 한동안 행복감을 느끼게 해주기도 한다.

그러나 중요한 것은 이것을 모두 차지할 수 있는 사람은 매우 제한되어 있다는 사실이다. 또한 필자의 적지 않은 경험에 의하면 완벽한 행복이란 없다는 것이다. 우리가 아는 경우만 해도 재벌의 2세 중에 사고로 유명을 달리한 사람이 적지 않다. 또는 권력의 정점에 있었지만 비행기 사고로 자녀를 잃은 사람도 있다.

누군가 우리보다 더 돈이 많고 유명하며 더 매력적이라고 해서 더 행복하다고 할 수는 없는 것이다.

각자무치라는 말이 있는데 뿔이 있으면 (날카로운) 이빨이 없다는 뜻이다. 모든 재능이나 좋은 조건을 다 갖출 수 없다는 뜻이다.

재승덕박이라는 말이 아니더라도 우리는 흔히 재주 있는 사람들이 신중하고 사려 깊기까지 한 것을 보기 힘들다. 오히려 경박해 표적이 되기도 한다.

모든 것을 다 갖춘 사람들은 보기도 드물지만 있다손 치더라도 그것을 유지하려는 필사적인 노력을 해야 하기 때문에 많은 중압감을 갖게되고 따라서 질병에 노출되기 쉽다. 많은 사람이 경제적인 문제만 해결되면 더없이 행복할 것으로 생각하지만, 경제적인 문제가 있어 다른 문제들로 인해 마음고생을 하는 걸 많이 막아주고 있는 것이다.

흔히 큰 문제가 있으면 상대적으로 사소한 문제는 보이지 않게 마련이다.

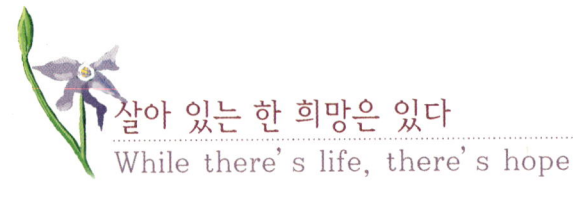

살아 있는 한 희망은 있다
While there's life, there's hope

영어 속담에 After me, the deluge라는 말이 있다. 내가 죽은 뒤에야 미증유의 홍수가 나든 말든 상관없다는 말이다. 모든 애증이나 성공, 명예, 돈, 체면, 전쟁, 건강, 암 등 부러운 것도 무서운 것도 더는 없을 것이다. 그래서 속된 말로 개똥에 굴러도 이승이 낫다는 말이 있는 것 같다.

현실이 고통스럽다 해도 살아 있는 데 대한 세금을 내는 것이라 생각하면 될 것이다.

죽음의 고비를 겨우 넘긴 사람들에게 물어보면 인생에서 가장 중요한 것이 무엇인지 쉽게 알 수 있다. 그것은 목숨이다. 예수도 천하를 얻고도 자신의 목숨을 잃으면 무슨 소용이 있느냐고 갈파했다.

우리가 생명을 유지하는 것은 각 세포, 혈관, 호흡, 심장, 위장 등 수많은 기관이 이상 없이 작동하기 때문에 가능한 것이다. 생각하면 기적 같은 일이 아닐 수 없다. 다만 매일 반복되다 보니 소중한 가치를 잠시 망각하는 것뿐이다.

당신에게 재난이 닥쳤는가? 넋을 잃고 있어 봐야 해결되는 것은 없다. 우리는 생각보다 불행을 극복할 만큼 강인하며 어려움은 지나가게 마련이다. 고통은 위장된 축복이라(a bliss in disguise) 하지 않던가?

필자가 군에 입대하고 자대에 배치받은 첫날, 다음날 제대하던 선배 군인이 내게 제대일자를 물어보면서 자신 같으면 자살하겠다고 한 적이 있다. 그러나 군 생활은 어려움도 있었지만 재미있게 지나갔다.

우리 주변에 있는 것들을 느끼고 즐기자.

나는 생물학에 깊은 조예는 없지만 우리도 처음에는 식물과 같이 움직이지 못하는 생물이었을 것으로 추정한다. 식물 중 현 상태에 만족하지 못했거나 이동하지 않고는 도저히 생존할 수 없는 종들이 움직일 수 있는 방법을 오랜 기간에 걸쳐 고안해 동물로 발전한 것이 아닐까 생각해 본다.

동물이 좋은 것이 무엇인가? 비록 식물보다 더 큰 위험은 있으나, 식물과는 달리 옮겨다니며 새로운 것들을 얼마든지 경험하고 상미할 수 있다. 분명한 사실은 오늘은 다시 오지 않는다는 것이다.

모든 순간마다 즐거움을 느끼자.

벽제 화장터나 암 병동에 다녀오면 인생에서 중요한 것이 무엇인지 깨닫게 된다.

남아있는 날들을 즐기자
Enjoy the rest of your life

　사람들은 주변에 잘 알던 사람이 갑자기 유명을 달리하면 '건강이 최고야' 하면서 얼마간은 술을 자제하거나 운동을 다시 시작한다. 그러나 며칠이 지나면 다시 돈을 조금이라도 더 벌려고 눈이 빨갛게 되어 있거나 경쟁자를 흠집 내려고 한다.

　이러한 경쟁심이나 '사촌 땅 사면 배 아픈' 우리의 심성이 그나마 밥 먹는 걱정을 덜고 집집이 승용차를 가지게 한 원동력이긴 하지만 뭐든지 지나치면 꼭 부작용이 따른다. 조바심이나 스트레스 때문에 몸에도 고장이 생기고 마음도 늘 편치 않다.

　거북이는 노쇠할 때까지 동맥경화에 걸리는 일은 없다고 하는데 비록 동물이지만 건강을 위해서는 배워야 할 점이 많다.

　James Thurber와 함께 당대를 풍미했던 작가 E.B.White는 거북이가 동맥경화에 걸리지 않는 이유로 거북이는 '실시(implementation)'라든가 '최종 분석(last analysis)'과 같은 말을 사용하지 않으며 쉴 시간을 건너뛰거나 하지 않는다는 것이다. 과학적인 분석은 아니지만 일리가 있다고 생각한다.

　이런 자세 때문인지 White 자신도 당시로써는 장수했다고 할 수 있는 86세(1985년 타계)까지 살았다.

　사람들은 흔히 명성과 돈을 위해 때로는 건강을 담보로 무리를 하곤 한다. 그러나 알다시피 돈이란 좇는다고 되는 것이 아니며 무

엇인가 가치 있는 일을 위해 매진하다 보면 그 부산물로서 오는 것이 아닌가 싶다.

그러나 한편 생각하면 세상에는 괴로운 일만큼이나 즐거운 일도 많다. 생로병사는 과거에도 있었고 지금도 있는 생명체의 현상이며 그나마 암을 제외하고는 고칠 수 있는 병이 많아진 것이 얼마나 다행인가?

찾아보면 상쾌한 일이 너무도 많은 것이 인생이다.

즐거운 상상
Happy thoughts

    인생은 흔히 고해라지만 관심을 두고 찾아보면 즐거운 일도 많다. 어려운 일은 살면서 흔히 겪는 것이지만 우리는 생각보다 더 불행을 극복할 힘을 가지고 있다. 마치 창문을 통해 본 비바람이 더욱 거세게 느껴지듯이 지켜보는 사람들이 더 힘든 경우가 많다. 그래서 '살아남은 자의 죄의식(survival guilty)' 이라는 표현도 있는 것이다.

    필자가 경험했거나 지금도 경험하고 있는 즐거운 일들을 몇 가지만 보여 드린다.

    여러분도 즐거운 일들을 나열하다보면 생각보다 인생이 살 만하다는 생각을 하게 될 것이다.

    매력적인 젊은 여성이 지나가며 발산하는 향기.

    김동률의 '기억의 습작' 을 들으며 글을 쓸 때.

    한밤중 시속 150km 넘게 질주할 수 있는 자유로.

    태평양 상공을 날며 식사할 때.

    잠을 푹 잤는데도 일요일 오전8시 밖에 안되었을 때.

    후리지아를 한아름 안고 돌아오는 퇴근길.

    낙조를 바라보며 초원을 가운데 두고 자유로를 드라이브할 때.

    그때 한대수의 '행복의 나라로' 가 나올 때.

조덕배의 '나의 옛날 이야기'를 함께 따라 부를 때.

Season in the Sun을 라디오에서 갑자기 듣게 될 때.

축구 경기에서 일본을 이긴 날, 특히 통쾌한 역전 골이 터졌을 때.

지갑에 쓸 돈이 제법 많이 들어 있을 때.

아내의 커튼 렉처(잠자리에서의 잔소리)를 사랑으로 무력화시켰을 때.

한여름 모깃불을 펴놓고 밀짚 멍석 위에 누워 별을 바라볼 때.

인생은 역전이 있어 아름답다
Life is beautiful in that it has an instantaneous reversal of fortune

어떤 명사는 가난은 불편하기는 하지만 부끄러운 것이 아니라고 강변한다. 적어도 나의 경험에 의하면 가난은 불편할 뿐만 아니라 매우 수치스러운 것이었다. 더구나 어린 시절의 가난은 나의 재능이나 능력에 의한 결과가 아닌데도 두렵기까지 했었다.

집안 행사 때마다 돈이나 선물을 많이 가져올 수 있는 친척은 발언권도 셀 수밖에 없다. 이것은 국제무대에서도 마찬가지다.

일본이 경제력에 비해 세계무대에서의 대접이 소홀하다고 볼멘소리를 하는 것도 어쩌면 당연하기도 하다.

흔히 말하기를 돈만으로 좋은 가정을 이룰 수는 없다고 하지만 돈 없이 가능한 것도 아니다. 그래서 가난이 창문으로 들어오면 사랑이 현관문으로 나간다는 말이 있는 것이다.

춘추 전국시대를 풍미했던 장의는 학문적인 성적은 가장 뛰어났지만 과거에 낙제까지 했던 소진이 재상 자리에 올랐을 때에도 그는 거의 무명에 불과했다. 결국은 아내마저 그를 박대했다.

월세를 낼 돈은 물론 자신의 아이에게 먹일 우윳값조차 대지 못하던 조앤 롤링이라는 이혼녀가 있었다. 그녀는 해리 포터 시리즈로 대성하자 엘리자베스 여왕과의 약속이 있었음에도 딸이 아프다는 이유로 참석하지 않았다. 그 외신을 듣고 느끼는 바가 많았다.

또 루 거스너 아이비엠 회장은 바쁘다는 이유로 클린턴 대통령과의 만찬에 참석하지 않았다. 대통령보다 수십에서 수백 배나 많은 연봉을 받는 대기업 회장으로서 별로 아쉬운 것이 없기 때문에 그런 행동을 할 수 있었을 것이다.

　필자를 포함해 대부분의 사람들은 지구 끝에라도 날아갈 것이다.

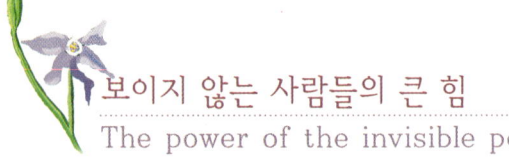

보이지 않는 사람들의 큰 힘
The power of the invisible people

　자신의 성공이 전적으로 자신의 능력에 의해서라고 생각하는 것이 우리가 성공한 후 빠지기 쉬운 가장 대표적인 유혹이다.

　그러나 택시 운전사, 이발사, 하나로마트 직원, 구내식당 아주머니, 통근 버스 기사 아저씨, 출판사 임직원들, 부모님, 동네 슈퍼 아저씨, 주유소 파트 타임 직원, 미화원 아저씨 등 우리의 오늘을 있게 한 숨은 공로자들이 의외로 많다. 이들과 같은 '보이지 않는 사람들'의 희생의 바탕 위에 오늘의 우리가 있는 것이다. 생업이기 때문에 어쩔 수 없이 제공한 서비스였는지는 모르지만 우리에게는 결정적으로 도움이 된 경우가 적지 않다. 이런 보이지 않는 사람들의 정중동이 세상을 움직이고 있다.

　세상은 입만으로 움직이는 게 아니다.

　오래 전에 어느 재원을 만나 보고 지성과 미모에 감탄한 적이 있다. 그녀가 있기까지 얼마나 많은 사람들의 관심과 개인적인 노력이 있었을까 생각해 보았다. 유년기에는 그녀의 부모가 최선의 투자와 애정을 아끼지 않았을 것이며, 그녀 자신도 수학, 영어, 안네의 일기, 짜라투스투라는 이렇게 말했다, 치악산의 물과 정기, 알프스 산맥의 풍광, 알래스카산 최고급 언어, 샌프란시스코의 케이블카, 빌리 조엘의 노래, 포도 주스, 멋있는 남자들과의 대화, 또 그들의 시선으로 다듬어진 몸매, 바발루의 맥주 등 오늘의 그녀를 구성하고 있는 물질은 너무도 많을 것이다. 정말 귀중한 가치가 아닐 수 없다.

　그러나 그녀만 그런 것이 아니다.

　돌이켜 보면 우리 모두 그녀에 필적하는 수많은 사람들의 정성과
투자에 의해 오늘의 우리가 만들어졌다. 개개인의 뇌리와 몸에 배
어 있는 수많은 경험이나 느낌은 모두가 귀중하다. 이런 생각을 해
보면 하루하루 감사하지 않을 수 없다.

　보통 70~80세를 산다고 하지만 언제 위에서 호명을 당할지 알
수 없는 것이 인생이다.

　감사하는 마음만 가지고는 안 된다.

　그렇다고 해서 돈으로 일일이 보상한다는 것은 가능하지도 않을
뿐 아니라 감사의 마음이 제대로 전달되지도 않는다. 할 수 있다면
문자로 표현하라.

　존 에프 케네디가 1952년 매사추세츠 상원의원으로 출마했을 때
의 일이다. 2,500명의 추천인만 있으면 되는데도 26만명이나 되는
사람들로부터 추천을 받았다. 그는 반대했으나 선거 참모 데이비드
파워즈의 강권에 못 이겨 그 추천인들에게 일일이 감사의 편지를
보냈다. 공화당 일색인 분위기에서도 상대 후보를 70,000표 이상 따
돌리고 선거에서 승리했다.

　감사는 표시해야만 안다.

　세상에 살면서 감사할 사람이 많지만 특히 한 시간이라도 나와
함께 한 사람들에게 깊은 감사를 하고 싶다. 시간은 생명이기 때문
이다.

카아피 다이엠
Carpe diem

라틴어로 지금 이 순간을 즐기라는 말이다. 내세만을 바라는 종교인들이 이해하기 어려운 철학이겠지만, 필자가 수십 년을 아끼는 말이다.

가장 중요한 것은 지금 이 순간이고 가장 중요한 사람은 현재 곁에서 가장 가까이 머물고 있는 사람이다. 카아피 다이엠은 많은 사람들에게 감동을 주었던 '죽은 시인의 사회' 라는 영화에서 재인용되어 우리에게도 친숙한 표현이 되었다. 영어로는 'Seize the day' 라는 뜻인데 seize란 무엇인가를 재빨리, 단호하게 또한 강하게 붙잡는 것을 말한다. 우리말의 '잡는다' 정도로는 정확한 의미를 전달하기에 부족하고 '놓치기 아까운 것을 절박한 심정으로 꼭 잡는 것' 정도의 의미가 될 것이다.

어느 거부에게 부자 되는 비결을 물어보자 '낭떠러지에서 수천 길 아래로 떨어지지 않게 나무 하나에 의지하고 있어야 한다' 고 말했다는 얘기가 있다.

이 정도의 절박함을 가지고 하루 하루를 살아야 하는데 필자를 포함해 대부분은 실천을 못 하고 있다. 좋은 아이디어가 떠올라도 72시간 이내에 실행하지 않으면 대부분 사장된다고 하는데 이 72시간이란 삼 일에 해당하는 것으로 우리말의 '작심삼일' 과 정확히 일치하니 놀랍기만 하다.

페덱스의 창업자처럼 자신이 예일대 학생 시절 창안한 특송사업안이 지도교수에게 면박만 받고 그 가치를 인정받지 못하다가 10여 년 뒤에야 착수하는 경우도 있지만 그것은 그가 적어도 그 생각을 늘 가지고 여러 가지 구상을 했기 때문에 실현된 것이다.

우리가 감명을 받고 어떤 일에 착수하려다 중단하는 것은 지속적인 자극을 통한 강화가 없기 때문이다. 적어도 삼 일에 한 번쯤은 적은 분량이나마 책을 손에서 떼지 말아야 하는 이유가 여기에 있다. 틈나는 대로 책을 읽은 사람이 더 크게 성공하는 이유는 책에서 얻은 지식이나 영감 때문이기도 하지만 그 책에서 깨달음을 얻고 흐트러지는 자신을 추스르고 더욱 용맹정진하기 때문이다.

영국의 대처 총리도 20대 초반까지 아버지의 식료품 가게에서 일을 돕고 있던 평범한 처녀에 불과했다. 정계에 진출해서도 영국에서는 여자가 총리가 되는 일은 결코 없을 것이라는 그녀의 단언과는 달리 '당내에서 유일한 남자' 라는 말을 들으며 비스마르크 못지않게 영국을 강력하게 이끈 총리가 되었다.

꿈을 가지고 목표를 향해 나아가는 인생이 아름답기는 하지만 그렇다고 해서 거기에만 모든 것을 걸 수는 없다. 때로는 손목 시계를 풀고 잔디에 누워 지나가는 구름도 감상하고 해먹 위에서 오수를 즐기기도 해야 한다.

자신의 취향에 따라 미사리 카페에 갈 수도 있고 예술의 전당에서 백조의 호수를 관람할 수도 있을 것이다.

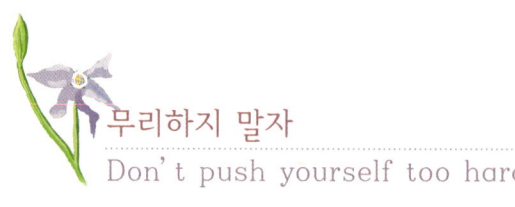

무리하지 말자
Don't push yourself too hard

꿈은 원대한 것이 좋다.

그래서 사람은 꿈꾸는 대로 된다고 하지 않던가? 그러나 이룰 수 있는 꿈이 있고 그렇지 못한 것도 분명 있다.

사십대쯤 되면 중간에 몇 번 실패와 성공을 거두지만 사업에도 어느 정도 이력이 붙어 결정적인 성장을 하는 갈림길에 서게 된다. 이때 조금만 더 노력하면 될 것 같은 생각에 무리를 하다가 건강을 해치거나 돌연사를 하는 것이다.

이탈리아의 테너 가수로 명성이 높았던 카루소가 '사랑의 묘약'을 공연하다 피를 토하며 쓰러진 일도 있는데 결코 바람직하지 않다.

천국이나 지옥이 있겠지만 일단 죽으면 여우같은 아내와 토끼같이 눈망울이 앙증맞은 자녀, 산들바람에 흔들리는 푸른 정원수나 한여름 장마 후 한껏 푸름을 더하는 풀잎도 볼 수 없으며 백화점의 화려한 진열장, 젊고 아름다운 여자들이 웃는 모습 또 그들의 매혹적인 옷차림도 더는 즐길 수 없다.

천하를 다 얻고도 목숨을 잃으면 아무 의미가 없다는 말이 과장이 아니다.

우리가 모든 것을 할 수는 없으며 그렇게 할 필요도 없다. 무리하게 되면 결국 병원의 침대 신세를 질 수밖에 없거나 가족과의 관계를 해치게 된다.

누군가는 꼭 대가를 치르게 되어 있다.

모든 길은 로마로 통한다는 말이 있을 정도로 로마 제국의 영향은 오늘에 이르기까지 실로 방대하고 엄청나다. 이원복 교수의 유럽문명에 대한 만화를 보고 로마인이 기후도 나쁘고 '사나웠던' 게르만족의 본거지 독일은 전혀 발도 들여놓지 않았으리라고 생각했다. 그런데 스투트가르트에 가보니 바로 옆 바덴바덴이라는 온천 휴양도시에 로마인들이 라듐 온천욕을 즐기던 욕탕의 자취가 남아 있을 정도였다.

그런 천하무적의 로마였지만 언제나 승승장구한 것은 아니었다. 제2차 포에니 전쟁 때에는 카르타고의 명장 한니발이 로마를 15년간이나 괴롭혔고 모든 로마인들을 공포에 떨게 했다.

이런 한니발에 맞서 10년 이상이나 소극적인 작전으로 진을 빼어 한니발이 대패해 독을 마시고 자살하도록 한 로마의 장군이 있었는데 그 이름은 파비우스Fabius다. 여기에서 모든 일을 무리하게 처리하지 않는 '페이비언 전술'이라는 말이 나왔고 영국에서도 버나드 쇼, 시드니 웨브를 중심으로 사회주의를 추구하되 급격한 변화를 거부하는 페이비언 협회가 생겨났다.

인생에서도 때로는 이렇게 무리하지 않으면서 발전을 모색하는 페이비언 전술이 필요하지 않을까 생각해 본다.

가끔 낮잠도 즐기자
Enjoy nap time

직장인들이 평일에 낮잠을 자기란 거의 불가능하다. 그러나 주말에는 잠시라도 낮잠을 권하고 싶다. 심신이 지쳐있을 때 낮잠 만한 것도 없다.

낮잠 하면 나는 주로 고흐의 작품이 떠오른다. 고단한 농사일을 하다가 잠시 밀짚 단 위에 부부가 함께 누워 오수를 즐기고 있는 모습인데 남편의 옆에 벗어 놓은 낡은 신발과 두 부부의 수수한 작업복이 그들의 형편을 말해준다. 그러나 남편 쪽으로 향해 엎드려 자고 있는 아내의 모습에서 부부의 사랑이 은은히 전달된다.

낮잠의 효용에 대해서는 의학적 또는 과학적인 증거가 많이 있겠지만 가장 인상적인 것은 한경직 목사의 낮잠이다.

그는 어릴 적부터 몸이 약했다. 그러다 보니 미국 유학시절인 청년기에 폐결핵에 걸려 생사의 갈림길에 서기도 했다. 그런 신체적

인 조건을 아는 그의 부인이 어떻게든 시간을 내 남편이 낮잠을 자도록 했다고 한다. 그 시간에는 동네 아이들이 시끄럽게 놀지 못하게 단속했다는 일화도 있다. 그 정성 때문이었는지 한 목사는 종교인의 노벨상이라고 하는 템플턴 상을 수상, 세계적인 목회자로 존경을 받으며 90세가 훨씬 넘도록 장수했다.

처칠이 60대 후반, 하루에 16시간씩 일하며 2차 대전을 지휘할 수 있었던 것도 낮잠의 덕택이었다는 것은 잘 알려진 이야기다. 이만큼 낮잠과 휴식은 최상의 에너지원이다.

힘들 때일수록 여유가 필요하다
We need some time to relax especially when the times get rough

미국의 시인이며 언론인으로 유명했던 돈 마퀴스가 어느 날 가벼운 심장 발작으로 병원으로 이송되어야 했는데 앰뷸런스가 없어 영구차를 이용하게 되었다. 마침 그 영구차는 양쪽 면이 대형 유리로 되어 있어 내부가 보였다.

영구차가 교통 신호등에 걸려 멈춰 서있는데 두 명의 여성이 타고 있는 컨버터블 승용차도 옆에 신호 대기 중이었다. 이윽고 두 여성은 영구차에 누워 있는 마퀴스의 '시신'을 놀란 시선으로 바라보았다. 그때 그녀들과 눈을 맞춘 돈 마퀴스가 그녀들에게 힘껏 윙크를 했다.

어려울 때일수록 여유가 필요하다.

대기업에 근무하다가 벤처 기업을 창업해 지금은 100여 명의 엔지니어를 두고 있는 성공한 기업인과 그 기업의 부사장과 셋이서 저녁식사를 한 적이 있다.

그가 안정된 자리를 박차고 나온 대가는 컸다. 그에 의하면 창업 초기에는 얼마나 사정이 어려웠는지 회사 사무실에서 라면으로 끼니를 때우기도 했고 야전침대에서 자기도 했다. 그때만 해도 직원이 대여섯 명에 불과했지만 꼬박꼬박 돌아오는 직원들의 월급날이 가장 두려운 날이었다고 털어놓았다. 비록 은행돈을 쓰더라도 직원들의 봉급은 밀리지 않았고 일하다 힘들면 체육대회를 열어 삼겹살과 떡, 소주로 직원들의 사기를 북돋아 주곤 했다.

그 전통이 이어져 지금도 틈만
나면 족구대회를 열어 연구에
지친 직원들에게 심신의 활력을
불어넣어 주고 있는데 건강하고
활력이 넘치는 기업 문화에 반
한 적이 있다.

우리 기업도 이제는 생산성 향상이나 이익의 극대화도 좋지만 때
로는 여유를 갖는 지혜가 필요하다. 그런 점에서 필자가 다니는 회
사에서 족구대회라든가 오픈 하우스를 통해 직원과 직원 가족들을
초대해 다채로운 행사를 여는 것은 매우 잘하는 일이라 생각한다.

여행을 통해 배우자
Travel and Learn

칼릴 지브란은 낯선 방에서의 잠, 낯선 곳에서의 식사를 사랑한다고 했는데 진정 여행을 즐길 줄 아는 사람이었다. 이국 땅에서의 잠이나 식사는 물론 국내라 해도 자주 가는 곳이 아니면 색다른 느낌이 들게 한다. 특히 관광지 콘도에서의 하룻밤은 더욱 그러하다.

혜한의 미반을 던지며 스쳐 지나가는 젊은 여성들의 고혹스런 자태는 한동안 잠 못 이루며 우리를 뒤척이게 한다. 이제는 어느 정도 나이를 먹다 보니 아름다운 여성이 지나쳐도 함부로 눈길을 돌리지 않는 나 자신에 놀라지만 '여인의 향기'에서 알 파치노가 한 말처럼 '(여자를) 쳐다보지 않는 날이 바로 죽는 날'(The day you stop looking, the day you die) 임을 생각하고 어떤 때는 의식적으로 그들의 자태를 감상한다. 물론 사회적으로 대체로 용인된 순간만큼만 (대개 2~3초) 시선이 멈출 뿐이다. '세상에 가장 재미있는 것이 사람 구경people watching' 이라는 말도 있지 않은가?

이건 감성이 풍부한 우리네 보통 사람들의 이야기고 비즈니스맨

들은 해외 여행 특히 선진국을 다녀온 후 새로운 비즈니스를 시작하는 경우가 많았다.

이병철 회장은 신년에 꼭 일본에 체류해 일본 TV의 신년 대담프로를 시청하거나 각계의 앞선 전문가들을 만나 향후 비즈니스의 향방을 가늠해 보는 계기로 삼았다 한다.

그 밖에 아남 그룹의 김향수 회장도 미국이나 유럽을 시찰한 후 당시로써는 모험이었던 반도체 사업에 착수했다.

한국의 어느 사업가가 몇 해 전 미국에 갔을 때 아직도 많은 미국인들이 무선 호출기를 사용하고 있음에 착안해 호출기를 미국에 수출, 속된 말로 돈방석에 앉았다. 미국은 국토가 넓다 보니 기지국을 모두 세운다는 것이 사실상 불가능하기 때문에 생긴 일이었다.

돈 이야기
On Money matters

얼마 전만 해도 우리 사회는 "부자 되세요."라고 공공연히 덕담할 수 있는 분위기가 아니었다. '개같이 벌어서 정승같이 쓴다.' 는 구호가 있지만 그것도 분위기가 맞을 때 할 수 있는 말이지 아무 때나 그런 말을 하면 '돈만 아는' 형편없는 인간 취급받기 십상이다.

돈 때문에 돈 사람이 많다는 농담이 있을 정도로 많은 사람이 돈을 벌기에 혈안이 되어 있다. 돈의 위력과 맛을 깨달았기 때문이다. '솔직히 나는 돈이 좋다' 라는 책이 나오는가 하면 페미니스트의 선봉에 서 있다고 자부하는 여성계 모 인사도 돈이 좋다고 공공연하게 말하고 나섰다.

우리가 아침에 안락하고 따스한 잠자리를 벗어나 일터에 가는 것도 주로 돈 때문이다. 자아실현도 되겠지만 객관적으로 자아실현의 경지에 이른 사람이 과연 얼마나 될 것인가?

남자도 그렇지만 여자는 특히 더 돈에 약한 측면이 있다. 남자보다 더 현실적이기 때문일 것이다. 그러나 여자는 돈과 남자를 조심해야 하고 특히 돈이 많아진 남자를 조심하라는 금언은 마음속에 새겨 둘 만하다. 돈은 역기능도 있지만 생각보다 많은 자유를 주고 건강하게 오래 사는 데 도움이 되며, 무엇보다 좋은 것은 자선을 베풀 수 있다는 점 등 순기능이 더 많다.

복권 당첨은 과연 행복을 가져오는가
Does the winning of lottery bring happiness

부끄러운 이야기지만 로또에 한 동안 탐닉한 적이 있었다. 다행히 큰돈을 건 것은 아니고 불과 몇 게 임이지만 매주 하게 되었다. 맨 처 음에는 같은 동네에 사는 직원들과 마주칠까 걱정이 되어 판매점 앞에 서 주위를 두리번거렸으나 얼마 후 에는 마음놓고 사게 되었다. 로또 마감 시간에 쫓겨 산 적도 한두 번이 아니었다. 우연히 4등을 두 번 하다 보니 언젠가는 1등도 할 수 있지 않을까 하는 '망상'도 갖게 되었지만, '기적'은 일어나지 않았다.

로또를 통해 생계를 위한 수입을 보태는 분들에게는 미안하지만, 사행심을 갖는 것은 개인의 발전에 저해 요소가 된다. 필자 개인적 으로도 더 보람 있는 일을 할 수도 있었는데, 로또가 한 원인이 되 어 계속 추진하지 못한 점도 있었다.

얼마 전 미국 역사상 세 번째로 큰 금액의 복권에 당첨된 사람들 이 있었는데 그 금액은 우리 돈으로 치면 5백억 원이 넘는 천문학적 인 숫자였다. 그 확률이 8천만 분의 1이라고 하니 상상이 가지 않는 다. 우리나라에서도 복권 당첨 금액이 중산층이 사는 아파트 한 채 값에서 점점 늘어나더니 100억 원짜리까지 생겼다.

생활수준에 따라 다르겠지만 이 정도면 당장 은퇴해도 노후 생활이 보장되는 돈이다. 복권에 두 번이나 당첨되어 해외 토픽에 나오는 사람도 있지만 정말 당첨되기란 벼락에 맞는 것보다 힘든 일이다. 일반적으로 확률의 세계에서 5백만 분의 1은 무시된다고 한다.

실제 있었던 일이라고는 생각하지 않지만 이런 이야기가 있다.

어떤 사람이 복권에 1등으로 당첨되어 매일 BMW를 타고 예쁜 여자들과 유흥과 도박으로 몇 년을 보냈고 결국은 돈이 바닥이 났다. 기대하지는 않았지만 복권을 사게 되었는데 또 1등에 당첨되었다고 연락이 왔다. 복권 회사에서 찾아와 축하한다고 하며 돈을 지급하는 조건을 물어보자 그는 뜻밖에 이렇게 말하며 거절하는 것이었다.

"나보고 그 지겨운 일을 또 반복하라는 얘깁니까?"

설득의 어려움
The difficulty of persuasion

미국 영화를 보면 법정에서 촌철살인의 명연설을 하는 경우가 적지 않다.

많은 사람들 앞에서 자신의 정부lover를 사랑한다고 말하던 여인의 용기도 감동적이었지만 '여인의 향기'에서 자신이 임시 고용했던 학생의 입장에 서서 한 연설이 기억에 남는다. 또한 브레이브 하트에서 주인공이 두려움에 떨고 있는 병사들에게 용기를 북돋우는 연설도 감동적이다. 이런 능력은 연습과 경험 또 약간의 천부적인 재능이 있어야 한다.

오히려 때로는 잘못되도록 내버려둠으로써 깨닫게 하는 것이 가장 빠를 때도 있다(Sometimes the best way to convince a man he is wrong is to let him have his own way).

무거운 물건이 가벼운 물건보다 더 빨리 낙하한다고 아리스토텔레스가 말한 적이 있다. 대부분의 사람들이 그렇게 믿었으며 그가 죽은 뒤 2000여 년 동안이나 이러한 믿음은 변함이 없었다. 이러한 그릇된 믿음은 잘 알다시피 갈릴레오가 1589년에 피사의 사탑에서 10파운드 짜리 물건과 1파운드 짜리 물건을 땅에 떨어뜨린 사건을 통해 잠시 깨졌다. 눈앞에서의 실험 결과를 보고서도 교수들은 여전히 믿지 않았다. 지성인이라던 사람들이 그 정도였으니 대부분의 사람들을 설득하기가 얼마나 어려웠을지 짐작이 간다.

아는 것이 적은 사람들일수록 자신이 아는 것만이 진리인 것처럼 맹신하는 특성을 보인다.

한 가지 명심할 점은 우리가 아무리 옳고 증거가 충분하다 해도 논쟁을 통해서는 결코 상대를 설득할 수 없다는 것이다. 상대편이 양보하는 경우는 오직 후퇴하거나 철회할 적절한 명분을 찾았을 때다.

Chapter · 5

성공한 사람은 남다르다
Successful people are different

삶의 환희

김정희

푸른 들판으로 우리 뛰어 가요
우리 생에 좋은 날씨만 있어요
시를 쓰게 하는 구름도
낭만에 빠지게 하는 안개도
대지를 때리는 소나기도
이글거리는 태양도
그대와 나를 위해 있어요

장미빛만도 잿빛만도 아닌 인생
너무 서두르지 말아요
좋은 음악을 들으며
솜털 구름도 감상하며
우리 저 푸른 들판으로 함께 달려 가요

가장 나쁜 것은 포기하는 것이다
The worst thing is to give up

미국은 물론 세계적으로도 대기업인 GE사에 다니는 한 미국인 친구에게 최근 들은 이야기다.

자신이 아는 사람들 중에 취업 중인 사람들보다는 실업 중인 사람들이 더 많다고 했다. 첨단 산업과 영상 산업의 메카라는 캘리포니아의 사정이 이러하니 몇 개의 부업을 해야 겨우 중산층의 생활을 유지할 수 있다는 뉴욕의 말이 거짓이 아닌 듯하다.

어빈 콥이라는 유명한 유머 작가가 무명 시절인 27세 때 아내와 병든 아이를 데리고 뉴욕에 왔지만 일자리가 없었다. 2주간이나 신문사 이곳저곳을 찾아갔지만 사람이 필요 없다는 말만 들었을 뿐이었다. 결국 최후의 수단으로 기지를 발휘해 일자리를 얻고 나중에는 유명한 유머 작가가 된다.

거부의 자녀가 아닌 한 살다 보면 경제적인 어려움에 꼭 직면하게 되어 있다. 이때 중요한 것은 내핍의 생활을 하다 보면 그러한 고비가 지나간다는 것이다. 가장 나쁜 것은 포기하는 것이다.

레이건 대통령도 젊은 시절 일자리를 구하지 못해 한동안 어려운 시절을 보낸 적이 있었다. 먼 곳까지 갔다가 차비가 떨어지자 추위 속에 비를 맞으며 지나가는 차를 겨우 얻어 타고 집으로 돌아오기도 했었다. 그는 20대 중반 할리우드에 입문해 30년 가까이 배우 생활을 했지만 별다른 주목을 받지 못한 그저 그런 배우였다.

이혼남으로서 40대 초반에 재혼한 레이건은 낸시의 헌신적인 내조와 유머, 사교술, 호감을 얻어내는 능력 등에 힘입어 세계적인 명사의 반열에 오르게 된다. 이러한 사람들의 예는 빙산의 일각에 불과하다.

유명한 사람들 치고 과거에 어려움을 겪지 않은 사람이 드물 정도다.

우리에게 잘 알려진 작가인 마크 트웨인도 작가로 명성을 떨치기 전에 식자공, 강 배river boat의 수로 안내인, 광부 등을 전전했는데, 금을 캐는 광부 생활 중 남는 시간을 이용해 쓴 몇 편의 글이 버지니아 시티 엔터프라이즈로부터 높이 평가받게 되어 리포터가 되는 기회를 잡았고 이후 세계적인 명사가 된다(마크 트웨인이란 수로 안내인들이 강 깊이가 적절한 곳을 찾았을 때 외치는 말에서 유래했다고 최근 미국인 고객이 들려주었다). 현재 하는 일이 마음에 들지 않는다면 아무리 피곤하더라도 틈나는 대로 더 낫다고 생각하는 직업을 얻기 위해 노력을 해야 한다. 현재 종사하고 있는 직업의 경험이 인생의 어느 부분에선가 분명 결정적인 도움이 되는 수가 많다.

믿을 사람은 자신밖에 없다
Trust yourself only

어려울 때나 도움이 필요할 때 협조를 요청하는 것은 좋은 일이다. 그러나 이 험난한 세상 결국은 자신이 스스로 헤쳐나가야 한다는 사실을 잊으면 안 된다.

저명한 피아니스트며 작곡가, 정치가로 나중에 폴란드 초대 수상이기도 했던 잰 파드리스키가 런던에 첫 피아노 연주 공연을 가면서 걱정이 되었던지 영국의 음악계 거물에게 추천장을 써달라고 자기 나라의 유력한 인사에게 부탁했다. 만일에 대비해 유용하게 쓰일 것 같아서였다.

영국에 도착해 치른 데뷔 연주회는 대성공이었고 그의 명성은 날이 갈수록 높아졌다. 몇 년 뒤 우연히 예전에 받은 추천장을 뜯어보니 이렇게 쓰여 있었다.

"이 추천장을 통해 잰 파드리스키를 소개하려 하는데 그가 피아노를 친다고는 하지만 그다지 눈에 띄는 재능을 가진 것은 아닙니다."

남이란 자신에게 해만 끼치지 않아도 좋은 사람들이라 생각해야 한다.

안토니우스를 악티움 해전에서 격파하고 로마에 입

성한 시저가 군중들의 열렬한 환영을 받고 있는데 앵무새가 '시저 장군 만세!' 라고 말하는 것이었다. 기분이 좋아진 시저가 그 새의 주인으로부터 큰돈을 주고 새를 샀다.

얼마가 지난 후 그 새의 주인에게 다른 새가 있는데 그것도 놀라운 재능을 가지고 있다는 것이었다. 그래서 그 주인을 불러 그 새의 능력을 시험해 보기로 했다. 머뭇거리는 주인을 재촉하자 그 새는 주인이 시키는 대로 말했다.

"안토니우스 장군 만세!'

세상의 인심이란 이런 것이다. 그래서 예나 지금이나 변함이 없는 것은 이기면 충신 지면 역적이다. 왕을 몰아내는 것이 성공하면 반정이라 하고 실패하면 모반이나 난이 된다.

누구나 잘하는 것은 있다
Everyone does something well

어떤 유명한 바이올리니스트와 벽돌공인 형이 있었다. 어떤 사람이 형에게

"저런 유명한 동생을 두고 있으니 좋으시겠어요?"

그리고는 그의 자존심에 상처를 주지 않으려는 배려에서

"같은 가족 안에서도 재능이 골고루 있는 것은 아니지요."

라고 말했다. 그러자 형이 대꾸했다.

"제 동생은 벽돌 쌓는 일에 대해서는 아무 것도 모릅니다. 그런 동생이 남들이 지은 집을 살 수 있는 돈을 번다는 것이 매우 다행이라고 생각합니다."

지금도 그런 풍습이 남아 있지만 우리나라에서는 돌잔치 때 아이가 잔칫상에서 집는 것을 보고 그 아이의 미래를 점치곤 한다. 연필을 집으면 학문으로 성공하고 실을 집으면 장수할 가능성이 높다고 믿었다.

아일랜드에서도 비슷한 속설이 있는데, 레프리콘이라는 작고 마른 요정이 태어나는 모든 아기에게 키스를 할 때 어디에 키스하느냐에 따라 그 아기의 재능이 다르다는 것이다. 예를 들어 손가락에 키스하면 위대한 예술가가 되고 눈에 키스하면 미남, 미녀가 되며 이마에 키스하면 지적인 사람이 된다는 것이다. 입술에 키스하면 아마도 바람둥이가 되지 않을까 생각해 본다.

　이것은 사람들이 재미로 만들어낸 얘기이기도 하지만 한편으로는 누구나 재주를 타고난다는 교훈을 일깨워 준다.

　과거에는 이러한 재능에도 서열이 있었으나 이제는 달라졌다. 최상위에 들면 어떤 재능이든 같은 대우를 받는 세상이 되었다.

　GE 잭 웰치 전 회장의 회고에 의하면 학창시절 미식축구를 하기엔 너무 느렸고 그의 투구는 유리창조차 깰 수 없을 만큼 약해 타자가 앉아서 공을 기다리면 될 정도였다. 그나마 하키를 잘했으나 그것도 고등학교 시절 얘기지 대학에 진학해서는 빠르지 못해 포기해야 했다. GE나 미국 경제를 위해서는 얼마나 다행한 일인지 모른다.

하고 싶은 것을 해야 성공한다
You will succeed when you concentrate on what you like most

성공 시대에 나오는 사람들은 흔히 더 안락하고 보장된 삶을 포기하고 당시에는 희망이 없어 보이는 길을 택했다고 하지만 그 사람들이 '남들 보기에 좋아 보이는 일'을 했으면 그 자리를 유지하지도 못했을 뿐만 아니라 현재와 같은 성공을 거두지 못했으리라고 확신한다.

자신이 좋아하지 않는 일을 하면서도 성공하는 경우는 이제 더는 없다. 과거에는 고시 등으로 이미 미래를 보장해 놓았기 때문에 큰 노력을 하지 않아도 일정한 위치까지 오르는 것이 어렵지 않았으나 이제는 달라졌다.

이철식은 70년대에 꽤 인기를 누렸던 '둘 다섯'의 멤버다. 무명 시절 노래하는 것을 반대한 부친이 기타를 일곱 번이나 부쉈다고 필자와의 사석에서 회고한 적이 있다. 그가 만일 노래를 하지 않고 치과 의사로 개업했더라면 편안하고 안락한 생활을 했겠지만 많은 사람들의 귀를 즐겁게 하지는 못했을 것이다.

신라시대의 뛰어난 유학자며 문장가였던 강수는 부모의 반대를 무릅쓰고 천한 신분이었던 대장장이 딸과 결혼해 사랑에도 성공했다. 자신의 출세에 걸림돌이 되는 것을 잘 알면서도 선택한 아내였으니 얼마나 깊이 사랑했을지 짐작이 간다. 역시 자신이 원하는 것을 택해야 최선을 다해 사랑할 수 있는 것이다.

우리에게 '꿈에', '그대 내 맘에 들어오면'으로 잘 알려진 가수 조덕배는 역경을 딛고 아티스트의 투혼을 불사르는 음유시인으로 한국의 빌리 조엘이라 할 수 있다. 얼마 전에 그를 만난 적이 있는데, 불혹의 중반을 넘어서니 이제야 음악에 대해 알 것 같다고 말하며 혼신을 다해 노래하는 모습이 무척 인상적이었다.

자신이 좋아하는 일을 계속하면 자신의 한계를 극복할 기회가 주어지는 것은 동서고금을 통해 영원한 진리다.

일을 사랑하는 것이 성공의 비결
Love of your work is the secret to your success

남자들이라면 어린 시절에 누구나 한두 번쯤은 라디오를 분해했다가 다시 조립하지 못해 부모님께 꾸중을 들은 일이 있을 것이다. 보다 호기심이 많은 사람들은 시계를 뜯어보기도 했을 것이다. 이런 재주를 가진 사람들이 공과대학에 진학해 유능한 엔지니어가 되거나 현대 중공업에서 용접을 하고 있을 것이다. 이런 사람들이 우리나라를 세계 제일의 조선공업 국가의 반열에 당당히 올려놓았다.

미시간의 어떤 작은 마을에 한 소년이 살고 있었는데 그는 시계를 분해, 조립하는 것을 너무 좋아했다. 나중에는 그 동네에 소문이 나 많은 사람이 수리를 부탁했다. 그는 자신이 좋아서 하는 일이므로 수리비도 거의 받지 않았다.

그는 시계를 분해, 조립하거나 수리하면서 그러한 기술을 보다 더 큰 산업에 이용할 방법이 없을까 궁리해 보았다. 결국은 자동차 조립라인을 생각해냈고 마침내 세계적인 자동차 회사를 창업했는데 그가 바로 자동차 왕 헨리 포드다.

결말은 좋지 않았지만, 고려 무인 정권시절 실력자였던 이

의민은 일종의 격투기인 수박을 좋아해 천민에서 장군의 지위에까지 올랐다. 이의민과 같은 지위는 아니더라도 당시에는 무예만 출중하면 높은 위치에 오르는 일이 적지 않았다.

초등학교도 다니지 못했다는 대우 중공업의 김규환 명장의 이야기가 많은 직장인들에게 큰 감동을 주고 있다.

그는 사환으로 시작했기에 처음에는 비중이 큰일을 맡을 수 없었다. 자연히 기계를 닦고 라인을 청소하는 일부터 시작했고 자신의 일을 너무 사랑한 나머지 공장 바닥에 모포를 깔고 생활했다. 그렇게 2년 6개월을 연구해 정밀 기계 가공 분야에서 획기적인 발견을 하게 되었고 회사에서 꼭 필요한 중견 간부가 되었으며 마침내 기술 분야 최고의 영예인 명장이 되었다.

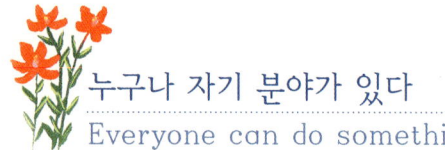

누구나 자기 분야가 있다
Everyone can do something well

언젠가 예일대 총장에게 어느 대학교의 총장이 다음과 같은 충고를 해준 적이 있다고 한다.

A학점이나 B학점의 학생들을 칭찬하시오. 그들은 머지않아 모교의 교수로 부임할 것입니다. C학점의 학생들도 격려하시기 바랍니다. 그들은 사업가가 되어 모교에 5백만 달러짜리 과학관을 기증할 것입니다. 그래서 미국 사람들의 농담 중에 IQ가 190인 사람은 물리학자고 140은 의사며 95는 사업가라는 말도 있다(실제로는 사업에 성공하려면 상당한 두뇌가 필요하다고 생각하지만).

출신이 개인의 미래를 거의 결정하던 옛날에도 갖은 어려움을 무릅쓰고 성공한 사람들이 적지 않다. 이들의 성공담은 우리에게 큰 힘을 준다.

포기하지만 않는다면 누구나 어느 정도의 성공은 거둘 수 있으리라 확신한다.

로저 배니스터는 1마일을 최초로 4분 이내에 달린 사람으로 육체적 한계보다는 심리적 한계 때문에 불가능한 것이라고 말했으며 실제로 이를 증명해 보였다. 우리가 어떤 일에 착수할 때 대체로 이미 시작하기 전에 승부가 나는 경우가 많은데 그 이유는 다리에 도달하기 전에 다리를 건너기 때문이다. 심리적 한계가 늘 문제다.

　춘추 전국시대의 순우곤은 천한 신분에 몸집도 작고 정식으로 학문을 익히지도 못했으나 대성했다.

　여몽정도 미관말직에 오랫동안 머물렀으나 나중에 크게 출세를 했다. 그는 늘 수첩을 가지고 다니며 보고들은 것을 기록하고 정리하는 것으로 유명했다. 조보 같은 실력자가 그를 존경한 가장 큰 이유였다고 한다. 송나라 태조 때의 명재상 조보 또한 정식으로 공부한 적이 한 번도 없었지만 학문이 깊은 사람들도 따라갈 수 없는 지혜로운 재상이었다.

고정관념은 최대의 적
A fixed idea is the worst enemy

우리나라에서 가장 유명한 작사자라면 단연 박건호를 손꼽는다. 그가 처음 작사를 시작한 30년 전만 해도 작사자는 하나의 직업으로서 인정조차 받지 못했다. 박인희가 부른 '모닥불'은 일 년쯤 지나 널리 불리게 되었지만 그의 인생을 크게 바꿔 놓지는 못했다. 이후 '단발머리', '어느 소녀의 사랑이야기', '토요일은 밤이 좋아', '아 대한민국' 등 히트한 곡만 해도 수백 곡에 이른다.

한국에 박건호가 있다면 미국엔 국민 작곡가로 어빙 벌린이 있다. 그는 러시아 시베리아에서 출생해 네 살 때 미국에 이민했으며 일찍 아버지를 잃어 여러 가지 일을 해야만 했다. 정규 교육이라곤 2년이 고작이었으나 23세부터 작사, 작곡가로서 두각을 나타내기 시작했다.

그는 음악 교육을 정식으로 받은 적도 없었다. 뿐만 아니라 악보를 읽을 줄도 몰랐지만 주옥과 같은 작품을 900곡이나 발표했다. 그가 흥얼대는 것을 듣고 비서가 오선지에 악보를 그려 넣는 방식으로 작곡을 한 것이다.

진정으로 원한다면 장애를 극복할 수 있다. 그는 장수의 복도 누려 101세까지 살았다.

어느 외국 장군이 영국의 기계화 포병 부대를 시찰하던 도중 사격 연습하는 것을 보게 되었다. 각 포마다 자신의 임무를 부여받은

포병이 할당되어 있었다. 그런데 아무리 봐도 여섯 번째 병사는 사격 중 아무 일도 하지 않은 채 그대로 서 있는 것이었다. 그 이유를 물어봐도 아무도 대답을 하지 못했다. 그래서 군사 매뉴얼을 찾아보니 여섯 번째 병사의 임무는 대포가 기계화되기 이전에 말의 고삐를(포를 쏠 때 말이 놀라 달아나지 않도록) 꼭 잡는 것이었다.

고정관념이란 이렇게 무서운 것이다.

작은 차이가 중요하지 않다고 생각한다면
If you think the minor difference can not help you
make it big

   미국에서 사업으로 성공하고 'Making it Big in America' (미국에서 크게 성공하기)라는 책으로도 유명해진 앤드류 우드는 항상 남들보다 조금 더 노력하라고 말한 적이 있다.

   적어도 삼십 분이라도 매일 더 일하고 가라. 한 가지라도 더 처리하다 보면 일 년이면 그 격차가 적지 않다.

   성공한 사람들을 보면 자기 실현에 대한 욕구가 강하며 일을 즐기나 직업의 안정성에는 그다지 신경을 쓰지 않는 것이 공통적인 특징이다. 재미있고 열정적으로 일을 하니 실적이 뛰어나지 않을 수 없다.

   '승진의 달인' 인 존 카포치도 승진은 남들보다 약간 나은 후보자에게 돌아간다고 말한 적이 있다.

   필자의 중학교 은사였던 H씨는 육상 국가대표를 오래 지낸 분인데 그의 100미터 최고 기록이 10.54였던 것으로 기억한다. 그가 0.6초만 더 빨랐더라면 우리나라는 물론 세계 육상의 역사에 큰 발자취를 남길 수 있었을 것이다. 1초란 경우에 따라 이렇게 중요하다.

　지금부터 불과 200여 년 전에 미국 의회에서 단 한 표 차이로 미국의 국어가 독일어가 아닌 영어로 정해졌다 한다. 당시에 그러한 결정이 세계사에 많은 변수를 주리라고 예상한 사람은 그렇게 많지 않았으리라. 또 단 한 표 차이로 히틀러가 나치당의 당수가 되었다는 역사의 기록도 있다.

자신과 경쟁하라
Compete with yourself

　　연습에서는 성적이 좋지만 실제 경기에서는 이기는 적이 없는 말 horse이 있다. 영어에서는 이런 말을 모닝 글로리morning glory라고 하는데 골프에서도 마찬가지다.

　　드라이빙 레인지에서 한 수 가르쳐 주겠다고 하는 사람들 치고 실제 필드에서 좋은 점수를 내는 사람을 보기란 쉽지 않다. 이런 사람들을 골퍼들의 은어로 '연습장 프로'라고 한다. 어느 분야나 수준과 단계가 있는데 골퍼의 경우 처음 골프를 시작하면 모든 것이 골프와 연관되어 만나는 사람마다 골프를 권하며 드라이빙 레인지를 거쳐 필드에 몇 번 나가면 보는 사람마다 결점이 보여 코치를 해주는 단계, 막상 필드에 나가 공이 러프에 빠지기도 하고 오비가 나 공을 수없이 잃어버리는 '쓰라린 경험'을 하고 나면 다른 사람을 함부로 지도하려 하지 않는다. 한 수 배우기를 자청하고 강권해야 마지못해 '제가 잘은 모르지만' 하는 단서를 붙이고 가르쳐 준다.

　　80대 중반이나 싱글에 가까운, 아마추어로서는 상급인 골퍼들은 '코치에게 정식으로 배우세요.'라는 말만 할 뿐 좀처럼 가르쳐 주는 일이 없다.

　　필자의 가까운 친척이 76타를 치는데 처음에는 한 수 배울 수 있을까 내심 기대했으나 명절이나 집안 행사 때 만나도 골프에 대해 얘기하는 법이 거의 없다.

　　다른 운동도 마찬가지지만, 필드에 나가 평소 연습을 통해 몸에

익은 대로 부담 없이 공을 쳐야 본래 실력을 발휘할 수 있지 다른 사람을 의식하면 결코 좋은 점수를 기록할 수 없다. 올림픽의 꽃이라는 마라톤에서 두 번이나 연속 우승한 아베베는 우승 직후 소감을 묻는 기자들에게 같이 달린 60여 명의 경쟁자들은 적이 아니고 오직 자신과의 싸움을 했다고 말한 바 있다.

한 분야에서 오랫동안 정상을 지키고 있는 사람들의 비결을 물어보면 공통적인 대답이 하나 있다. 그것은 자신과의 싸움에서 이기려고 노력했다는 것이다. 흔히 우승과 준우승, 승리와 패배는 아주 작은 차이에 불과하다.

경쟁자와 승리를 다투는 것도 고귀한 일이지만 자신과의 싸움에 이기는 것은 더욱 숭고하다. 자신과 일단 경쟁이 붙으면 목표는 무한하다.

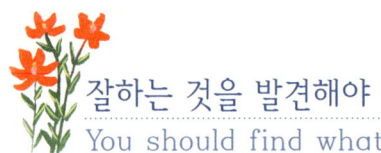

잘하는 것을 발견해야
You should find what you can do well

　최근 많이 개선되었다고는 하지만 우리나라 교육은 여전히 제너 럴리스트의 양산에만 집중되어 있다. 아인슈타인이 우리나라에 태 어났으면 피자를 배달했을 가능성이 매우 높다. 아직도 특정 분야 의 천재들이 두각을 나타내기가 사실상 불가능한 구조다.

　그럼 절망만 하고 앉아 있을 것인가?
　아니다. 특정한 분야에 뛰어난 사람이 장기적으로는 훨씬 더 성 공할 확률이 높다. 필자의 같은 반 친구들 중에는 공부 잘하는 친구 들도 많았으나 현재 저명인사가 된 친구는 거의 없다.

　미국의 뛰어난 발명가며 엔지니어로 자동차의 전기 점화 장치를 비롯해 많은 발명을 했던 찰스 케터링에 의하면 교육을 받을수록 창의성이나 발명가로서의 자질은 형편없이 떨어진다는 것이다. 그 도 그럴 것이 공부를 잘하는 학생들은 실패하면 큰 재앙이나 난 것 처럼 호들갑을 떠는 교사나 부모들의 영향을 받아서 실패할 가능성 이 있는 일들에 착수하지 않는다는 것이다. 드물게 예외는 있지만 우등생들이 큰 사업가나 큰 인물이 되기 어려운 이유가 여기에 있 다.

　반면에 성적이 중하위권에 머물던 J모는 음악 감독으로 널리 알 려져 있다. 그가 음악 감독을 한 영화를 보니 한결같이 블락버스터

였다.

또 다른 친구는 우리나라 최초의 스포츠카 제조업체를 창업해 일산의 국제 전시장에 언론매체의 주목을 받으며 혜성처럼 등장했다.

많은 사람이 자신의 부족한 부분을 보완하려 애쓴다. 나쁜 전략은 아니지만 결코 좋은 전략도 아니다. 부족한 부분을 보완하려다 보면 결국은 평균밖에 안 된다. 차라리 자신이 잘하는 부분에 집중하는 것이 성공의 확률을 높이는 지름길이다. 천재들이 흔히 다른 일에 문외한인 것은 그런 까닭이다.

누구나 약점은 있다.

축구 선수라도 달리기도 잘하고, 체력도 있으며 제공권도 능숙한데다 골 결정력까지 있는 선수는 그리 많지 않다. 우리도 마찬가지다.

부족한 점을 보완하려다 보면 잘하는 것을 더욱 잘할 수 없게 된다. 잘하는 일에 집중하라(Focus on what you can do well).

레이건 대통령의 성공 비결
Reagan's secret of success

1983년 11월 필자가 소속된 부대를 방문해 우연히 악수를 한 적이 있는 레이건 전 미 대통령은 특히 그 미소와 친화력 그리고 재치 있는 농담이 탁월한 거인이었다. 필자 일행 앞에서도 자신의 영접에 대한 준비가 철저함을 간접적으로 칭찬하던 기억이 새롭다.(You've enticed me to get off my diet : 너무 음식이 맛이 있어 다이어트를 중단하도록 유도했다).

그의 성공 비결은 친화력, 유머 감각, 낙천적 성격을 들 수 있는데 꼭 하나 추가하고 싶은 것은 그의 부인 낸시의 공로다.

50년대 초반 할리우드의 2류 배우로 떠돌던 레이건은 초혼마저 실패해 한동안 실의에 빠져 있었으나 낸시를 만나면서 인생의 의의를 찾았다는 것이 정설이다. 그러한 것을 입증이라도 하듯 낸시에게 그가 머물던 지방의 호텔에서도 꼭 편지를 보내곤 했다.

레이건 대통령이 그의 부인인 낸시 여사에게 보낸 사랑의 편지가 잔잔한 감동을 주고 있다.

세계 초강대국인 미국을 적지 않은 세월동안 이끈 지도자인 레이건이 있기까지 가장 큰 영향을 끼친 사람이 낸시였음을 아는 사람은 그리 많지 않다. 그러나 그의 인생 역정을 살펴보거나 그가 남긴 글과 언행을 종합해 보면 낸시의 변함없는 사랑이 결정적이었음을 쉽게 알 수 있다. 사랑의 힘에 대한 여러 가지 실증적인 사례가 있지만 쥐에 관한 실험은 더욱더 우리의 확신을 더해준다. 보통 600일

정도 산다는 쥐를 매일 쓰다듬어 주었더니
900일을 살더라는 것이다.

　레이건의 집안은 명문가와는 거리가 멀다.
　그의 아버지는 구두 수선공으로 평범한 화
란 출신 이민자에 불과했다. 그는 또 아이비
리그를 졸업한 것도 아니다. 미국 사회가 한
국과 같이 출신 학교가 사회 활동에 상당한
역할을 하는 것은 아니지만 전형적인 엘리트 코스를 밟아가며 사회
에 입문하지 못한 것은 사실이다. 그는 입학 인원이 200여 명에 불
과한 유리카 대학 출신이다.

　그는 자서전에서 규모가 큰 대학교가 아니고 유리카에 간 것이
큰 행운이었다고 술회하고 있다. 진심 여부를 떠나 자신의 출신에
대해 자부심을 느끼는 것을 보고 거인다운 풍모를 엿볼 수 있었다.
　자신의 근원에 대해 부정하는 사람 치고 크게 되는 사람을 본 일
이 없다.

Chapter · 6

무형 자산이 중요하다

Intangible Asset is more Important

사랑을 위하여

김정희

그대여
사랑으로 뒤덮이는
은빛 찬란한 밤이다

한숨은
저 우주 너머 던져두고
새벽 공기
함께 호흡하자
그대 앞에서 펼쳐지는
여명의 빛
함께 안아 보자

더 움켜쥔들 무엇하리
위선도
탐욕도
대지를 삼키는
저 어둠 속에 던져 두고
인생을 믿어보자
가슴 전체로

휘청이는 도시
절뚝거리는 세상일지라도
사랑을 선택하자
가슴 전체로

생각은 결국 운명이 된다
Your thoughts will become your destiny

마틴 루터도 생각은 세금을 내지 않는다는 말을 남겼다. 독서가 뜻밖에도 생각하기 싫어하는 사람들의 피난처라는 말도 있다.

사색이 뒷받침되지 않는 독서는 자칫 무의미한 것이 되기 쉽다.

생각이야 자유롭게 할 수 있지만 가능한 한 긍정적인 생각이 중요하다.

긍정적이란 무조건 현실과 타협하고 굴복하는 것을 말함이 아니다. 예컨대 살면서 겪는 어려움은 당연한 것으로 생각하며 그를 극복하려는 태도를 갖고 적극적으로 대처하는 것은 긍정적인 삶의 전형적인 모습이다. 성공이란 역시 적성보다는 태도다(Success is more attitude than aptitude). 긍정적인 사람은 아침을 맞을 때마다 'Good morning, God!' 라고 하는 반면에 염세적인 사람은 'Good God, morning!' (오 저런, 벌써 아침이 되어 버렸네!)라고 표현한다고 한다.

한가하면 평소에 미뤄두었던 걱정거리가 떠오르는 단점도 있다. 하지만 아무래도 창조적인 활동은 이때 이루어진다. 바쁜 가운데 아이디어가 생각나는 경우도 있다지만 전통적으로 불현듯 새로운 발상을 하는 곳이 바로 마상이나 침상이라는 말도 있지 않은가?

이병철 삼성그룹 창업자도 친구들과 매일 유흥으로 보내다 어느 달이 밝은 날 밤늦게 집에 돌아와 혼자 있을 때 문득 자신의 인생에 대해 다시 한 번 생각해 보고 기업을 하기로 결정했다고 한다.

　마틴 루터도 법률 공부를 하다가 함께 길을 가던 친구가 낙뢰로 사망하는 것을 보고 수도사가 되어 결국은 종교개혁의 선봉에 서게 된다. 친구의 사망이 계기가 되었지만 평소에 그런 생각을 품었기 때문에 탄압과 파문을 무릅쓰고 험난한 길을 가기로 한 것이다.

지적 호기심이 성공을 부른다
Curiosity and the desire for knowledge are the basic
requirements for success

레이건 전 대통령도 한 때 스포츠를 중계하는 아나운서였지만 라디오의 황금시대에 명 스포츠 아나운서로 이름을 날리던 그레이엄 맥나미라는 사람이 있었다. 그는 본래 가수가 꿈이었다. 공연 무대나 라디오에서 흘러나오는 가수의 노랫소리를 들으면 가슴이 뛰었다. 그러나 그의 재능을 알아주는 사람이 없었다.

어느 날 길을 지나가다 라디오 방송국을 우연히 보고는 혹시 가수가 필요하지 않은지 알아보려고 그곳에 들어갔다. 그들의 대답은 '노우' 였다.

대부분 거절당하면 실망하게 마련이지만 그는 방송국의 장비와 제작 과정에 관심을 표시했다. 이왕 방송국에 온 김에 새로운 것을 배워 보자는 심산이었다.

방송국을 함께 둘러보던 제작자는 맥나미의 목소리가 유달리 좋은 것을 발견하고는 스포츠를 중계해볼 생각이 없느냐고 의사를 타진했다. 미국 제일의 스포츠 아나운서가 탄생하는 순간이었다. 순수한 호기심은 이렇듯 기회의 시작이 된다.

영장류가 대부분 그렇긴 하지만 특히 인간만큼 지적인 호기심이 가득 찬 동물도 없다. 일부 포유류도 그런 특성을 보이지만 그것은 대부분 어디까지나 먹이를 얻기 위한 활동의 일부에 국한되는 경

206

우다.

　인간은 생존에 필수적인 것이 아닌데도 왕성한 지적 호기심을 발휘한 결과 4,000여 종이나 되는 포유류 가운데 가장 높은 자리를 차지하고 있다.

　같은 인간이라 하더라도 지적인 호기심을 만족시키기 위해 시간을 내는 사람들과 그렇지 않은 사람들 사이에는 세월이 지나면서 큰 격차가 나게된다. 그래서 생각하는 사람들은 생각하지 않는 사람들의 주인이 된다는 말도 있는 것이다.

인생을 뜻대로 사는 첫째 비결은 역시 용기
Courage is the most important thing in life

　지금도 그렇지만 과거에 필자는 주어진 여건을 제대로 활용하지 못했다. 그 대표적인 예가 고교 시절 같은 학교 수학 선생님과 하숙을 할 때의 일이다. 방을 함께 쓰고 있었을 뿐만 아니라 모르는 것이 있으면 질문을 하라고 했는데도 질문을 한 기억이 없다. 적극성이 없었기 때문이다. 당시 가장 어렵게 느끼고 못했던 과목이 수학이었는데도 그런 천재일우의 기회를 놓치게 되었다.

　그래서 미국인들이 성공의 비결, ABC를 얘기할 때, 능력, 운을 들면서 꼭 용기(Ability, Breaks and Courage)를 빼놓지 않는 것이다. 용기 즉 적극성이야말로 사업이든 연애든 반드시 필요한 덕목이 아닐 수 없다.
　동양에서도 용기를 지도자의 큰 덕목으로 생각했는데 월왕 구천이 용기 있는 개구리에게 절을 한 고사에서도 이러한 정신을 엿볼 수 있다.

　우리나라에서는 돈, 명예, 건강을 가장 중요한 것으로 생각하지만 미국인들은 용기를 가장 큰 덕목으로 친다. 그러기에 용기를 잃으면 모든 것을 잃는 것이라 말하는 것이다.

외국어 하나는 능통하도록 하자
Have a good command in any of foreign languages

여전히 세계 제2의 경제 대국인 일본도 영어를 공용어로 채택하기에 이르렀으며 2008년 올림픽을 유치한 북경시는 시민을 대상으로 영어회화 시험을 치겠다고 발표했었다. 중화사상이 강한 중국인으로서 쉽지 않은 결정이었을 것으로 생각한다. 그러나 철저히 현실에 대한 인식을 바탕으로 한 정책으로, 세계에서 가장 경제 발전이 두드러진 국가로 새롭게 부상한 중국으로서는 당연한 결정이 아니었을까 하는 생각이 든다.

미국인들도 외국어를 배우는 사람들이 적지 않은데 우리와는 달리 절박한 이유는 없다. 그들이 외국어를 배우는 이유는 대체로 문화적, 지적인 지평을 확대하고 다른 언어권의 사람들을 이해하기 위한 것이다. 이런 미국에서 최근 외국어에 대해 무지한 자신들에 대해 자성이 일고 있다는 얘기가 들린다. 진짜 내밀한 정보나 그 나라의 고유한 문화를 알려면 해당 언어에 대한 습득은 필수적인 사항이다. 이것도 소중한 이상임에는 틀림없으나 우리는 보다 더 절실한 필요에서 외국어 그 중에서도 특히 영어를 공부하고 있다.

외국어를 한 가지 정도 잘하면 미국에서도 좋은 조건으로 손쉽게 취업하는 지름길이 된다고 한다. 실제로 필자와 같은 업계의 지인들 중에 이런 사례가 많은데 중국 본토 출신이면서 일본에 10년 가까이 상주한 한 세일즈 매니저의 경우 모국어인 중국어는 물론 영어와 일본어에 능통하다 보니 그녀를 필요로 하는 곳이 많았다.

지식의 중요성
The importance of knowledge

요즘 들어서는 경제가 어렵지 않다는 때가 별로 없다. 어떻게 보면 어려운 것이 정상인 것도 같다. 경제가 어렵다 보니 먹고사는 일이 만만치 않게 되었다. 전통적으로 인기 있는 의료나 법조 관련 직업에 있는 사람들도 보통 사람들과는 사정이 다르겠지만 어렵다고한다.

하지만 아무리 시대가 어려워도 생존하는 방법이 있으니 그것은 사람들이 필요로 하는 지식이나 기술을 가지는 것이다.

아폴로 13호의 교신 장치가 두절되었을 때 그 우수하다는 미 항공 우주국 직원들이 절망적인 상황에 빠져 어쩔 줄 모르고 있었다. 그 분야의 전문가를 불러 수리를 부탁하니 고장 난 부위를 망치질 몇 번으로 가볍게 고치는 것이었다.

나중에 수리비용이 5만 달러나 되는 것에 항의하자 망치질하는 것 100달러, 고장 난 부위를 아는 게 49,900달러였다는 일화가 있다. 노하우의 중요성을 일깨우는 귀중한 사례가 아닌가 생각한다.

찰스 슈워브가 베들레헴 제철이라는 당시로써는 매우 작은 기업을 경영하고 있을 때였다.

자신의 시간을 최대한 활용하기 위한 방법을 어느 컨설턴트에게 묻자 하루에 가장 중요한 여섯 가지를 적고 그를 실천하라고 했다. 곧 효과를 보았다. 그래서 주위의 반대에도 그 컨설팅 비용으로 10

만 달러를 흔쾌히 지급했다고 한다.

　꼭 산업이나 기계, 제조에 관한 기술만 기술이 아니다. 그래서 흔히 엔지니어는 물건 만드는 법을 알고 경영자는 왜 그 물건이 필요한지를 안다고 했다.

독서와 성공
Love for reading brings success

갤럽의 조사에 의하면 인명사전에 실리는 사람들의 80% 이상이 아주 많은 양의 독서를 한다고 한다. 트루먼 대통령도 청년 시절에 친구와 2,000권의 책을 읽기로 하고 실제로 다 읽었다고 한다.

갑종 출신으로 육군 대장에까지 오른 조영길 장군은 특히 독서를 많이 하는 것으로 알려졌다. 지휘관으로서의 능력도 있었겠지만 독서를 통한 뛰어난 식견이 그의 성공에 큰 도움이 되었으리라는 것은 쉽게 짐작할 수 있는 일이다.

아이비리그 출신은커녕 대학의 문턱에도 가지 못한 에디슨이지만 역사상 그 어느 과학자도 이루지 못한 발명을 그는 해냈다. 그러나 사색을 피하기 위한 수단으로서의 지나친 독서는 경계해야 한다.

필자가 존경하는 어느 중견 기업의 사장은 바쁜 가운데에서도 책을 많이 읽는데 그런 식견이 있기에 똑똑한 사람들이 많은 가운데서 사장도 되고 또한 자신의 부하들을 훌륭하게 이끌 수 있는 것이다. 그가 자신의 부하들보다 기술적인 지식이 많아서가 아니다. 그는 늘 자신은 기술적인 것은 잘 모른다고 말한다. 그 자신이 엔지니어 출신이고 수십 년간 직간접적인 경험이 많아서 자신의 말처럼 기술을 모르지는 않을 것이다.

강철 왕 카네기 역시 밑바닥 실무부터 기업의 총수가 될 때까지 매일 철과 더불어 살았으므로 철에 대해서는 몇 개의 박사학위를 가진 사람들보다 뛰어났을 것이다. 그럼에도 그는 늘 자신보다 철에 대해 더 잘 아는 직원들이 많이 있다고 말하곤 했다.

　독서는 역시 지식을 얻는 일차적인 수단이며 아는 것이 많으면 많을수록 자신감을 가지게 된다. 독서를 많이 하면 역시 화제가 풍부하므로 사람들이 귀를 기울이게 되고 결국 자신의 영향력이 증가하게 된다.

독서는 새로운 영감의 원천
Reading is the source of inspiration

에디슨에 대해서는 누구나 잘 안다. 어릴 적부터 위인전을 통해 많은 사람이 읽었기 때문이다. 당시에는 그의 그러한 노력이 얼마나 큰 가치를 지니는 것인지 절실히 깨닫지 못했으나 살아 보니 그처럼 값진 특성도 없다는 생각을 하게 된다.

그는 잘 알다시피 학교에서 '바보' 판정을 받은 끝에 3개월 만에 중퇴했다. 어머니에게 교육을 받고 평생 350만 페이지를 독서했을 정도로 독서광이며 메모광이었다. 독서와 연구가 성공의 원천이 되었음은 자명하다. 특히 패러데이의 저서를 읽고 감명을 받아 더욱 연구에 매진하는 계기가 되었다.

에디슨에게 큰 감명을 준 패러데이 역시 출판업계에서 일하면서 책을 가까이 하게 되어 위대한 과학자가 되었다.

찰스 램은 다른 사람들의 마음에 들어가 자신을 잊어버리는 것을 즐긴다고 했는데 바로 독서를 의미하는 것이다. 특히 매력적인 사람의 마음속에 깊이 침잠해 보는 것은 심해를 여행하는 것 못지 않게 흥미로운 일이라 생각한다.

월트 디즈니는 책 속에 든 보물은 해적이 보물섬에서 약탈한 것보다도 많으며 무엇보다 좋은 것은 매일 그것을 즐길 수 있는 것이라는 말을 한 적이 있다. 책이 보물인 이유는 그 속에 갖가지 필요하고도 유익한 정보가 가득 들어 있기 때문이다. 책이 그저 종이와

잉크로 이루어진 것이라면 그러한 가치를 지닐 수 없다. 돈이 마치 종이 뭉치가 아닌 것과 마찬가지다. 우리의 노력과 창의력의 대가로 주어지기에 귀중하다.

미국의 대기업 연구소는 대개 수천 명의 박사를 거느리고 있어 웬만한 대학교를 능가한다. 자신의 분야에서는 대가지만 이들에게 이공계와는 거리가 있어 보이는 인문학 분야의 독서를 강도 높게 하도록 정책적으로 지원한다고 한다.

아무리 좋은 기술이라 하더라도 인간과 밀접하게 관계가 없고 인간에 대한 깊은 이해가 없이는 훌륭한 기술이 만들어질 수 없다는 깨달음 때문이 아닐까 생각해 본다.

책이 없는 집에 미래도 없다
A home without a book has no future

　수십 년 전 S네 집은 우리 집과 마찬가지로 형편이 어려운 편이었는데 그 집이 우리 집과 다른 것은 집안에 책이 단 한 권도 없다는 것이었다.

　사립학교 교원이었던 아버지는 잦은 이사에도 책은 꼭 잘 지키셨다. 간수만 잘한 게 아니라 지독한 독서광이셨다. 어릴 적부터 그것을 보고자란 나도 자연스럽게 책을 가까이 하게 되어 사고의 폭을 넓히고 교양을 쌓는 데 큰 도움이 되었다. 사회적으로 크게 성공하는 데 결정적인 역할은 하지 못했을지 몰라도 평온한 마음을 갖고 인생의 의의를 찾는 데 큰 도움이 되었다. 나에게는 매우 귀중한 자산이 되었다.

　김대중 전 대통령이 필자가 다니는 회사를 방문했을 때 그의 연설을 가까이 앉아 들을 기회가 있었다. 그는 예의 폭넓은 지식을 유감 없이 발휘했다. 일국의 대통령이 결코 운만으로 되는 것이 아님을 느끼게 했다.

　소위 정치 9단인 그는 관리해

야 할 것도 많아 평소에는 독서를 위한 시간을 내기 힘들었을 것이다.

그는 정식 학문을 많이 한 것도 아니다. 그러나 수감 생활 동안 집중적인 독서를 해 사고의 폭을 획기적으로 높였을 뿐만 아니라 높은 수준의 교양을 축적할 수 있었다. 이 점은 크로아티아의 가난한 농가에서 태어나 정규 교육을 받지 못한 티토가 교도소에서 수백 권의 책을 읽어 자기 교육을 했던 것과 유사하다.

독서는 가능한 한 폭넓게 하는 것이 좋지만 습관이 되지 않으면 고통스러운 일task이 될 수도 있다. 그런 독서는 별 도움이 되지도 않는다. 우선은 자신이 좋아하는 분야부터 시작해 '재미를 붙이는 것'이 필요하다. 그렇지 않으면 이것처럼 '효과적인 수면제(most efficacious sleeping pill)'도 없다.

세상에 가치 없는 경험이란 없다
There's no such thing as a worthless experience

만화가 고우영의 잘 알려진 작품 중에 '대야망'이라는 것이 있었는데, 발차기나 손동작 등을 실감나게 묘사한 것이 지금도 생생하다. 그것이 가능했던 이유는 고 씨 자신이 청소년 시절 유망한 권투 선수였기 때문이다. 그러한 동작에 대한 정밀한 묘사는 상상만으로 가능하지 않다.

나는 어릴 적은 물론이고 한창 입시 준비를 해야 하는 시기에도 서음이라고 불릴 정도로 독서를 좋아해 많은 사람이 걱정했다. 나도 모르게 책을 가까이 하게 된 것은 아마도 아버지의 영향을 받았을 것이라 생각한다(Father can not leave a better legacy to his children than reading habit).

당시로써는 무용지물이라고 생각했던 독서가 지금은 큰 힘이 되고 있다.

외국에 갔을 때 호텔방에 가만히 앉아 있기보다는 그 나라의 치안상태를 살핀 다음 시내를 활보하거나 시장, 음식점 등에 들러 보는 것이 다양한 경험을 축적하는 데 많은 도움이 될 것이다. 실제로 말레이지아 북부 피낭(조지 타운)에 갔을 때 엄청난 폭우를 만났던 것이라든가 바나나 잎에 음식을 내놓던 어느 인도 음식점, 교차하는 대나무 막대기를 피하며 마닐라 시내의 수많은 사람들 앞에서 춤추던 추억(필자의 춤추는 모습을 본 사람들에게는 인간이 저렇게 웃길 수도 있구나 하는 시간이 되었을 것이다.)은 피할 수도 있었던 것을 자청해 경험한 것들이다. 이런 것은 해외 고객들과 식사를 하거나 담소를 할 때 화젯거리로 요긴하게 쓰이고 있다.

1차 대전 후 이탈리아 시단에 신선한 바람을 몰고 왔던 웅가레티 시인 역시 1차 대전에 참전한 귀중한 경험이 그의 시에 한 바탕이 되었으며 헤밍웨이 역시 풍부한 종군 경험을 통해 생생한 필치를 발휘, 전쟁문학의 대표적인 작가가 될 수 있었다.

일본이 전쟁의 폐허 위에서 비교적 손쉽게 재건에 성공한 이유를 들 때 흔히 6.25 전쟁시 일본이 병참기지가 된 때문이라고 분석을 하는데 필자의 생각은 다르다. 우리의 민족적 불행이 그들의 행운이 된 것은 사실이지만 더 큰 이유는 이미 2차대전 때 전투기와 항공모함을 만든 경험과 기술력이 일본을 부동의 2대 경제대국으로 만든 것이다.

사업에 크게 실패한 기업가가 재기에 성공해 더 큰 기업을 일구는 사례가 적지 않은데 그 이유는 돈은 잃었지만 경험은 남기 때문이다.

인센티브의 힘
The power of Incentive program

인센티브란 한마디로 말하자면 종업원들이 보다 더 큰 성과를 내도록 하기 위한 유인 수단이라고 할 수 있다. 잘만 사용하면 이보다 효과적인 수단이 없다.

어떤 광부에게 현장 소장이 물었다.

"하루에 얼마나 많은 석탄을 생산하고 있습니까?"

"500킬로그램 생산하고 있는데 그것이 제가 할 수 있는 최대의 양입니다."

"그 두 배인 1000킬로그램을 생산하면 월급을 두 배로 주겠소."

"저도 돈은 욕심나지만 500킬로그램 이상은 불가능합니다요."

광부가 어처구니없다는 듯이 말했다. 그러나 몇 주가 지나자 놀라운 일이 생겼다. 그 광부는 평소 그가 생산할 수 있는 최대의 양이라고 생각했던 것보다 네 배나 많은 2000킬로그램을 생산하고 있었던 것이다. 그 광부가 말했다.

"특별히 더 힘들다는 생각이 들지 않는데도 네 배나 많이 생산하고 있어요."

과거에 삼성전자 연구원들이 밤을 새워 가며 새로운 VCR을 만들곤 했다. 그 당시만 해도 연봉을 더 받으려는 생각보다는 일에 대한 성취감으로 그렇게 한 사람들이 많았다. 지금도 그 열정을 간직한 직원들이 많겠지만 그것만으로는 신세대 직장인들의 동기를 불러

일으키기에 부족하다. 금전이든 지위든 보상을 적절히 해줘야 열정이 계속 유지될 것이다. 결국 활황업종은 인재를 모으고 인재는 기업을 흥하게 하는 순순환의 고리가 형성된다.

우리나라는 이제 반도체 강국에서 종주국의 자리를 넘보고 있다. 400년간의 신문이나 고화질의 사진 36,000여 장을 저장할 수 있는 반도체 소자를 삼성전자에서 개발해낸 결과다. 뛰어난 업적을 내면 충분한 보상을 해주는 인센티브 시스템이 훌륭히 작동하는 것도 한 몫을 하지 않았나 생각해본다.

삼성전자 직원들과 일한 적이 있는데 밤낮을 가리지 않고 목표한 바를 성취해내는 저력에 무서움을 느꼈다.

Chapter · 7

남녀의 사랑은 인류를 밝히는 등대
Love is the lighthouse that provides a
guiding light to us all

지상의 사랑

김정희

바람도 나른한 오후
떠도는 햇살
한 줌 움키면
노랗게 묻어나는
금빛 물결
눈물겹도록
그리운 그대

창 안으로
다투어 눕는 별빛
한 줌씩 던지면
굽이치며 흩어지는
은빛 물결
눈물겹도록
보고픈 그대

남자만이 진실한 사랑을 알고 있다
Only man knows the true love

　남자들은 겉으로 보기엔 육체적인 사랑에만 탐닉할 것 같지만 사실은 남자만이 진실한 사랑을 오랫동안 간직하고 있다. 모파상의 '의자 고치는 여자'가 아마도 유일한 예외적인 경우라 할 것이다.

　성적인 편견이라는 비난을 감수하고 말하자면 본래 '계집이란 쌀쌀하고 매정한 것'으로 '펭귄 노릇'을 제대로 할 때나 붙어 있다. 동물의 세계에서 암컷이 본능적으로 가장 유능하고 강력한 수컷을 고르듯 그것이 자연의 섭리며 인정이기 때문에 애초에 지고한 사랑을 꿈꾸지 않는 것이 좋다.

'이별이 잦은 시대'를 얘기하던 시인도 우리가 '당장은 갈 수 없는 곳(He's gone where we can not follow)'에 갔을 정도로 세월이 흘렀다. 이별이 잦은 이유는 여러 가지가 있겠지만 결론은 하나다. Mr. Right이나 Ms. Right이 아니기 때문이다. 시간이 걸리더라도 진정한 사랑을 찾아야 한다. 진정한 사랑의 판별법은 그 사랑을 만난 사람들은 누구나 이해하겠지만 의외로 단순하다. 놓으려 해도 스스로 되돌아오는 것만이 진정한 사랑이다. 어쩌다 멀리 떨어져 있어도 밀착되어 있어 '특수한 인력에 의해 되돌아

오는 것' 같은 느낌이 들게 하는 사랑만이 진정한 사랑이다. 억지로
조건을 맞춰 사랑하려다 보면 더버빌의 테스 같은 결말을 맞이할
수밖에 없다.

직접 관련이 없음에도 춘천의 옛 성심여대까지 출강한 노 수필
가가 있는가 하면 20여 년 동안 '하얀 기억 속의 첫 여인'을 찾아다
닌 것도 남자다.

첫 여인의 정을 잊지 못해 반평생 동안 봉평을 떠나지 못하는 장
돌뱅이도 우리의 기억에 새롭다. 흐드러지게 핀 메밀꽃이 그녀의
고운 얼굴처럼 느껴졌는지도 모른다.

오늘은 메밀꽃 핀 그곳을 걷고 싶다.

사랑은 조르는 것이다
Love is buttonholing

　뉴욕 시티 오페라는 70년대 말에 극심한 재정문제에 빠져 직원들 봉급 주는 것도 힘들 정도였다. 그때 새로 단장을 맡은 베벌리 실즈는 목소리만 탁월했던 게 아니라 머리도 좋았던 여성이다. 그녀는 돈 많은 기업인들을 찾아다니며 갖은 회유와 설득으로 기금 모금에 성공해 뉴욕 시티 오페라를 파탄에서 구했다. 횡포가 얼마나 심했으면 그녀를 소재로 한 농담 시리즈까지 유행할 정도였다고 한다. 그 가운데 하나.

　기내 방송을 통해 조종사가 승객들에게 말했다.
　"나쁜 소식은 우리의 엔진이 모두 고장 나 곧 불시착한다는 것이고 좋은 소식은 바로 우리 밑에 착륙할 섬이 있다는 것입니다. 불운하게도 그 섬은 해도에 나와 있지 않아 아무도 우리를 찾을 수 없을 것입니다."
　모두들 절망감에 빠져 기내는 아수라장이 되어 있는데 한 남자만이 태연하게 신문을 읽고 있었다.
　깊은 인상을 받은 스튜어디스가 어떻게 그럴 수 있느냐고 묻자 그가 말했다.
　"어제 내가 뉴욕 시티 오페라에 25,000달러를 기부하겠다고 베벌리 실즈에게 약속했으니, 그녀가 나를 찾을 것이오."

　사랑은 단순히 구해서 얻을 수 있는 것이 아니다. 때로는 조르고,

228

때로는 억지를 부려서라도 쟁취해야 한다. 물론 상대가 싫다는 의사 표시를 분명히 했는데도 스토커 수준으로 귀찮게 굴어서는 안 된다. 여기서 말하는 것은 이미 관계가 이루어진 상태에서 그것을 유지하기 위해서는 모든 수단을 다 동원해야 한다는 뜻이다.

부부애는 때론 과시할 필요도 있다
You need to show off your love sometimes

요세미티 공원에 갔을 때의 일이다.

수백 미터 높이에서 쏟아지는 폭포를 보았는데 물줄기가 장관이었다. 우회하면 그 폭포의 정상까지 갈 수 있는데 조금 가다가 표지판을 보고 포기했다. 마운틴 라이언(퓨마)을 조심하라는 것이었다.

주의 사항에 퓨마를 만났을 때 대처하는 방법도 쓰여 있었는데, 일단 만나게 되면 상의의 지퍼를 열고 최대한 몸을 크게 하며 돌 등을 던지라고 했다. 수탉이 다른 수탉을 만날 때 털을 세우는 수법과 동일하다. 자신의 몸을 최대한 크게 보여 상대에게 심리적인 부담감을 주려는 일종의 작전이다.

얼마 전 판문점을 다녀온 독일 고객에 의하면 경비병들이 바지 아랫단에 돌을 넣어 행진할 때마다 '찰랑거리는' 소리가 나는 것이 인상적이었다고 했다. 실제로는 몇 명이 행진하더라도 훨씬 많은 병력이 이동하는 것처럼 들리게 하는 효과를 낸다고 한다.

우리나라에서도 이순신 장군이 임진왜란 중에 횟가루를 풀어(마치 군량미를 씻는 것처럼 보이게 해) 군사의 규모를 크게 보이게 한 적이 있으며 성서에도 이러한 전법이 나와 있다. 전쟁에서 흔히 사용되었으며 실제로 큰 효과를 거두기도 했다.

주요 선진국 국민들 중에 우리나라 사람들의 허풍이 제일 심한 것 같다. 내용이 많이 건실해지긴 했지만 아직도 형편에 맞지 않게 큰 차, 큰 아파트, 좋은 옷을 입는 사람들이 많은 게 사실이다. 많이 배운 것처럼 가장하거나 힘있는 사람들과 인연이 있음을 과시하기도 한다.

전력이 부족하면 게릴라전을 하는 것처럼 이렇게 보충하려는 것은 한편으로 생각하면 이해가 되기도 한다. 그러나 위장만 하는 데도 경제적인 부담이 크다. 따라서 이런 시도는 하지 않는 게 좋다.

그러나 부부애는 적당히 과시하는 게 좋다. 얼마 전만 해도 부부애가 유별나면 가십거리가 되기도 했다. 요즘은 다르다. 진정한 사랑이 드물어진 요즘 얼마나 보기 좋은가.

얼마 전 웬 러브호텔(미국에서는 러브호텔에 드나드는 사람을 보고도 못 본 체한다고 해서 노텔 모텔이라는 농담이 있음)이 그렇게 많으냐는 미국인 친구의 질문에 '우리나라는 사랑이 많아서 그렇다.' 고 능청을 떨었지만 사실 요즘처럼 진정한 사랑을 찾아보기 어려운 시대도 드물다.

사랑은 역경 속에서 피어나는 꽃
Love is the flower that is blooming in our heart despite adversity

할리우드에서 그나마 모범적인 커플로 남아 있던 톰 크루즈와 니콜 키드먼 부부가 이혼한 것을 비롯해 멕 라이언 등 스타들의 이합집산이 늘고 있다. 갖은 역경을 뚫고 이룬 사랑도 시간이 좀 지나면 약해지는데 별 어려움 없이 만난 사랑이 오래갈 리가 없다. 현실의 세계에서는 사랑과 고통이 늘 함께 하게 마련이다.

그러나 오랫동안 모범적인 부부들도 적지 않다. 가장 대표적인 연예인을 꼽으라면 소피아 로렌이 아닐까 한다. 1950년부터 영화에 출연해 1980년까지 왕성한 활동을 했고 그 이후로는 가끔 TV에 출연하고 있다.

소피아 로렌이 18세 때 만난 카를로 폰티는 당시 42세로 소피아보다 24세나 연상이었으며 매우 영향력 있는 프로듀서였다.
유부남이었던 카를로는 이탈리아에서는 이혼할 수 없자 멕시코까지 날아가 결혼해 보지만 무효가 된다. 결국 카를로가 프랑스 국적을 취득해 파리에서 결혼하고 그후 장남과 차남을 출산하는 행복을 누리기도 한다.

영리한 사람들은 사랑도 그저 공식대로 하면 얻을 수 있는 것으로 생각하며 뜻대로 되지 않을 경우 손쉽게 포기한다. 아무리 생각해도 수지타산이 맞지 않기 때문이다.

사랑은 장기적인 투자다. 이자 계산법으로는 도저히 설명이 되지 않는 계약관계다.

셰익스피어도 일찍이 '한 여름밤의 꿈'에서 역사나(민간 사이의) 이야기를 통틀어 진정한 사랑이 순조롭게 진행된 예가 없다고 갈파한 바 있다(Could ever hear by tale or history, the course of true love never did run smooth). 아니 어쩌면 역경을 통해야만 순수한 사랑이 자라나는 것인지도 모른다.

'안나 카레니나'에 행복한 집들은 대개 모양이 비슷하지만 불행한 사람들의 모습은 제각각이라는 말이 나온다. 농담 속에 진리가 숨어 있는 경우가 많은데 하도 신통해 가끔 무릎을 치게 하는 말 중의 하나가 바로 '결혼이란 사랑이 자라 복수로 결실을 보아 가는 과정(Marriage is the process that love ripens into vengeance)'이라는 말이다.

결혼 생활이 길다 보면 누구나 작은 위기를 맞이한다. 심하게 다툴 땐 짧은 인생 다투는 것으로 허비하고 싶지 않고 너무 평온할 땐 권태롭게 마련이다. 두 사람은 사랑하기 위해 만난 것이다. 좋은 일일수록 나쁜 일들이 끼어든다. 사랑이란 너무나 좋은 것이기 때문에 이를 방해하려는 힘이 늘 작용한다.

사랑은 쟁취하는 것이다. 이미 다 만들어진 요리를 먹는 것이 아니다. 칼에 손을 베거나 뜨거운 오븐에 델 위험을 감수하면서 만든 요리가 더 맛이 있다.

행복한 결혼 생활은 사랑의 승리
Conjugal bliss is the triumph of love

　요즘은 남자들보다 경제적으로 더 힘이 있는 여자들이 생겨나고 그것이 현실적인 힘의 원천이 되고 있지만 남자들의 가슴속에는 누구나 여자를 지키려는 본성이 아직도 숨 쉬고 있다. 마치 진짜 여자라면 지성이나 현실이라는 방해물에도 모성을 간직하고 있는 것과 같다.

　초야권이라는 악습 때문에 자신이 보는 눈앞에서 아내를 영주에게 하룻밤 보내야 했던 남자들은 얼마나 절절한 피눈물을 흘렸을 것인가. 그것이 스코틀랜드 민란의 한 원인이 되었을 수도 있다. 이러한 폐습이 우리나라에서는 '마복' 이라는 형태로 존재했을 것이다.

　마복은 화랑의 아내가 임신하면 그의 아내와 자신의 상관이 하룻밤을 지내게 했던 관습이다. 신라의 검일은 대야성 도독이었던 김품석에게 아내를 빼앗겨 반역자의 길을 걸었다. 642년에 적과 내통해 복수했지만 그 자신도 660년 나당 연합군에게 백제가 멸망할 때 피살되는 운명을 맞이했다.

　나라와 시대는 달라도 인간의 그릇된 욕망은 파멸을 부르게 되어 있다.

　이제는 영주에게 초야권을 빼앗길 염려가 없는 세상이 되었다. 아주 드물게 100만 달러로 자신의 아내를 유혹하는 억만장자가 있을지 모르지만 그건 어디까지나 영화 같은 이야기일 뿐이다. 대체

재가 세상 어디에나 널려 있기 때문에 그런 무리수를 둘 사람은 사실상 이 세계에는 존재하지 않는다고 본다.

'하얀 기억 속의 너' 처럼 아내가 대를 잇지 못한다고 시아버지가 며느리를 쫓아내는 시대가 아니다. 사랑할 여건은 더 좋아졌건만 역설적으로 진정한 사랑은 참으로 찾기 어려워졌다.

결혼 생활을 행복하게 유지하고 있는 모든 부부는 사랑의 승리자들이다.

사랑이 없이도 줄 수 있지만 주지 않고는 사랑할 수 없다는 말도 있다. 달콤한 밀어만 속삭이면 사랑이 지속될 것이라 생각하면 오산이다. 흔히들 결혼이란 50을 주고 50을 돌려 받는 것이라고 하지만 유대인들은 계산하지 않고 끊임없이 주는 것이라고 말했다.

너무 인상적인 것을 주려 하지 말자. 주는 사람이나 받는 사람 모두 감당하기 힘들다. 물질적으로 풍요해진 지금 사람들이 고맙게 생각하는 것은 얼마간의 현금보다 자신을 위해 시간을 내주었느냐 하는 것이다.

직장의 모임이 있어 좀 늦게 들어온 아내를 밝은 표정으로 맞이하는가, 일이나 모임으로 늦을 때 아내에게 전화하는가, 그녀가 좋아하는 만두를 때때로 사오는가를 매일 생각하고 실행에 옮기자. 이러한 것들은 기념비적인 노력이 요구되거나 천문학적인 돈이 필요한 것도 아니지만 우리의 인생을 바꿀 수 있다.

사랑이 깨지는 진짜 이유
Real reason for break up

부모가 자녀를 사랑하는 이유는 그가 미약해 도움이 필요하기 때문이다. 나이가 들고 철이 들었지만 부모가 보기에는 아직도 멀었다고 생각하기에 애정을 가지는 것이다. 물질적 감정적으로 서로 의지를 하고 있는 부부가 헤어질 리 없다. 마치 악어와 악어새가 공생하는 것과 마찬가지다.

사람이란 다른 사람이 자신을 필요로 하는 것을 알면 부담스러워하는 경우도 있지만 대부분은 흐뭇해진다. 자신의 존재의 정당성을 확인시켜 주는 쾌거이기 때문이다. 다른 사람에게 꼭 필요한 존재가 되면 모든 것이 새로운 의미로 다가온다(Everything takes on a new meaning). 직원들이 조직이나 회사를 떠나는 가장 큰 이유는 자신이 더는 필요하지 않다고 느낄 때다. 남녀 사이도 마찬가지다. 나 없이도 명예와 부, 이성의 관심을 얼마든지 향유할 수 있을 때 나의 존재는 초라해지게 마련이다. 이런 관계는 지속할 수 없다. 서로 경제적인 능력을 갖춘 사람들이 더 잘 헤어지는 이유가 이런 데 있다고 생각한다.

만인의 연인
Lover for all men

　여자들은 모이면 주변의 남자들이나 연예인에 대한 품평회를 열곤 한다. 키 크고 핸섬하면 성격이 괴팍하지 않는 한 좋은 평가를 받을 수 있다. 이런 남자들은 많은 여자들의 선망이 되기 쉽다. 요즘은 여러 가지 여건이 좋아져 남자들이 키도 더 커졌고 때로는 웬만한 여자들보다 더 잘 생긴 남자들도 속속 등장하고 있다. 그러나 평균적으로 볼 때 만인의 연인이 못 되는 남자들의 숫자가 훨씬 많은 것이 현실이다.

　만인의 연인이 되는 것이 많은 사람들의 꿈이긴 하지만 애초부터 이런 목표는 설정하지 않는 게 현명하다. 맥주 몇 병과 오징어 안주를 사 가지고 그녀의 집을 방문하는 것이 서글프게도 우리가 두 번째 애인을 위해 할 수 있는 일이다. 참으로 슬픈 현실이지만 뛰어난 연인치고 생활인으로서도 완벽한 경우는 별로 없다. 그래서 미남치고 정력과 돈을 가진 남자는 드물다고 하지 않던가.

　나이를 먹을수록 더는 운명적인 사랑을 기대하지도 희구하지도 않는다. 그 존재를 믿지 않을 정도로 우리가 영악해진 탓도 있지만 상처받기를 두려워할 만큼 우리들의 정신세계가 복잡해진 탓도 있다.

어떤 배우자가 가장 바람직한가
Who's your Mr. Right

영국의 어떤 신문사가 '런던까지 여행하는데 가장 짧은 거리로 가려면 어떻게 해야 하는가?' 퀴즈를 낸 적이 있다. 가장 현명한 대답을 한 사람에게 많은 상품이 걸려 있었는데 정답은 '좋은 동행자 good company' 였다. 때로는 험난하고 피곤한 인생, 좋은 동반자가 곁에 있으면 고난도 고통으로 느껴지지 않는다. 동대문 시장에서 배추장사를 하던 필자의 한 지인은 힘든 일을 하면서도 자신이 번 돈으로 아내가 살림을 하고 자녀들을 교육시킬 수 있으니 어려운 줄을 모르겠다고 말한 적이 있다.

사람마다 누구나 자신만이 믿는 것들이 있다. 무엇이 옳고 그른지 혼란스럽기조차 하다. 그러나 살아온 날들이 많아질수록 더 확신이 드는 것은 자신을 이해해주고 격려를 아끼지 않는 배우자가 최고라는 것이다.

현대인들은 무엇에 쫓기어 사는지 도무지 다른 사람들을 이해하려 하지 않는다. 주로 물질적이고 현실적인 잣대로만 사람의 가치를 판단하려는 경향마저 적지 않다. 타인의 아픔을 이해하려는 사람들은 뉴스에서 특별히 다룰 정도다. 각 개인이 가진 고유한 매력과 심성에 큰 가치를 두기보다는 얼마나 알려진 사람인지 그의 출연료는 얼마인지를 가지고 판단하려는 경향을 보인다. 세상이 이렇다 보니 평범한 우리가 제대로 대접받기를 기대하기는 매우 힘들다. 현대인의 고독이란 따지고 보면 여기서 연유하는지도 모른다.

주류 몇 명에 대한 파격적인 보상이 생길 때마다 그 '사자의 몫(lion's share)'에 동참하지 못하는 사람들의 절망감은 더 커지게 마련이다.

이런 절망적인 상황에서는 누구나 자신의 존재 가치를 합리화하고 싶어한다. 기회가 없어서, 또는 집안 환경이 불우해서 등 자신이 성공하지 못한 이유를 이해하려는 사람은 그래도 배우자뿐이다. 그뿐만 아니라 배우자만이 자신의 개인적 특성idiosyncracy을 기가 막히게 알아준다.

관포지교가 우리에게 왜 감동을 주는가? 그저 타인의 시선과 입장에서가 아니라 철저히 친구로서 모든 실책을 이해하려 했기 때문이다. 세상에 아내나 남편말고 누가 자신을 이해해 줄 것인가?

클린턴은 대인 관계에서 특히 수완이 좋은 것으로 잘 알려져 있는데 대화할 때 상대로부터 눈을 떼지 않고 집중하는 힘이 놀라워 그를 한 번 만난 사람은 그의 편이 된다고 한다.

요즘과 같이 모든 사람들이 바쁠 때에는 상대방의 말을 경청하는 것이 최고의 선물이다.

블론디와 대그우드
Blondie and Dagwood

블론디라는 미국 만화를 모르는 사람은 거의 없을 것이다. 이 만화가 인기를 누리는 이유는 여러 가지가 있겠지만 가장 중요한 역할을 하는 것은 역시 블론디다. 만화의 제목은 블론디지만 실제 가장 많이 등장하는 인물은 블론디의 남편인 대그우드다.

블론디는 미인인데다 성격도 매우 좋은 여성이다. 거기에 비하면 대그우드는 평범하다 못해 다소 모자라는 구석이 있는 남자다. 직장에서도 승승장구하기는커녕 이따금 사장에게 해고위협도 당하는 힘없는 가장이다. 시간이 남으면 카우치에 누워 낮잠을 자거나 간식을 찾아 냉장고나 뒤진다. 블론디를 도와 벽에 못을 박다가 망치에 손을 다치거나 50달러면 충분히 살 수 있는 중고 물품을 125달러에 사면서 가족들에게는 거저 산 거나 다름없다고 말하는 어수룩한 남편이며 아빠다.

그런데 블론디가 이런 남편에 대해 불만을 터뜨리는 것을 본 적이 없다. 오히려 가끔 남편과 낭만적인 분위기를 연출하려 노력하는 일이 많다.

물론 블론디는 가상의 여성이다. 현실에서는 드문 경우다. 그러나 이런 여자들이 아주 없지는 않다. 행복한 결혼과 사랑의 성공을 위해서는 필독서가 아닌가 생각해 본다.

결혼의 설렘과 뜨거움은 욕조의 뜨거운 물에 적응하는 시간만큼이나 짧다. 일단 익숙해지면 뜨거운 것을 거의 느끼지 못한다. 사람을 바꾸지 않는 한 처음 만났을 때의 설렘을 복원하는 것이 쉽지는 않을 것이다. 그러나 방법을 찾아보면 없지만도 않다. 안 된다고만 생각하고 다른 자극을 찾는 것이 문제다.

남편의 미래는 아내가 하기 나름이다
The future of a husband depends on how his wife does

　어떤 이들은 다음 이야기가 클린턴 전 미 대통령과 힐러리와의 에피소드라고 하지만 사실은 1992년 미국인 친구로부터 들은 내용으로 토마스 휠러의 이야기라고 한다.

　매사추세츠 생명 보험회사 사장인 토마스 휠러가 고속도로를 달리다가 자동차 연료가 떨어져 제일 가까운 출구로 빠져나갔다. 조금 가다 보니 연료 주입 장치가 하나밖에 없는 초라한 주유소가 보여 그곳에서 기름을 넣기로 했다.

　주유소 직원이 기름을 넣는 동안 잠시 몸을 풀고 있는데 아내와 그 직원이 무언가 활발하게 대화를 나누고 있었다. 차를 몰고 그 주유소를 떠나면서 토마스가 혹시 그 남자를 아느냐고 아내에게 물으니 고등학교 시절에 같은 학교를 다녔으며 그와 일 년 동안 데이트를 한 적이 있다고 털어놓았다. 우쭐해진 토마스가 말했다.

　"나를 만났으니 당신은 참으로 운이 좋아. 만일 저 남자를 만났으면 당신은 사장 부인 대신에 주유소 직원의 아내가 되었을 테니 말이야."

　그러자 아내가 말했다.

　"내가 만일 저 주유소 직원과 결혼했으면 그는 사장이 되고 당신은 주유소 직원이 되었을 거예요."

　농담 같지만 실제로 아내의 힘은 무한하다. 그래서 탈무드에서도 남자는 여자에 의해 변한다고 말하고 있다.

입센은 '인형의 집' 발표로 50대 초반에 세계 문학계의 큰 별이 된다. 그의 아내였던 수산나는 훌륭한 내조자였으며 그가 인형의 집을 발표하도록 사상적으로 큰 영향을 미친다. 결혼 후에도 한동안 경제적으로 안정된 상태가 아니었으므로 어려움이 있었지만 아내의 격려에 힘입어 계속 작품을 발표하다 결국은 당대를 대표하는 작가가 된다.

성경에서도 '슬기로운 아내는 하나님이 주시는 선물'이라고 해 내조의 가치를 매우 높게 평가하고 있다. 사실 아내의 내조 없이는 부자가 되기 어렵다.

필자의 가까운 친척 중에 영농의 다각화를 통해 크게 자수성가한 집이 있는데 안주인의 내조가 중요한 역할을 했다. 어릴 적에 방학이면 버스로 30분 거리였던 그 집의 담배 밭에서 일하거나 놀러 간 적이 많아 그 집의 재산 형성 과정을 오랫동안 지켜봤기에 필자의 생각이 틀리지 않을 것이라 생각한다.

결혼제도 진화해야
Marriage system shall evolve into a new one

한 세대 전만 해도 어떤 이들은 결혼을 통해 경제적으로나 심리적으로 안정된 삶의 발판을 마련하기도 했다. 여자 팔자는 뒤웅박 팔자라는 말이 여기서 나온 것이다. 남자가 사회 경제적으로 주도하던 시대에는 누구를 만나느냐에 따라 여자의 위상이 한없이 큰 차이를 낳기도 했다. 결혼이란 여자로서는 건곤일척의 모험이 아닐 수 없었다.

요즘 결혼하지 않는 여자들이 늘어나는 것은 경제적으로 독립할 수 있는 여자들이 증가하는 것과 무관하지 않은 것은 누구나 아는 사실이다. 이런 상황이라면 결혼도 변해야 한다. 현재처럼 결혼이 '한 사람의 권리를 반으로 줄이고 책임은 두 배로 늘게 하는 제도'라면 공룡처럼 사멸하는 것은 시간문제다.

사실 결혼처럼 인류를 오랫동안 철저히 지배해 온 제도도 별로 없다. 봉건제도, 왕정, 전제정치, 심지어 페스트처럼 번졌던 공산주의도 무너졌지만 결혼제도는 철옹성처럼 많은 이들의 사랑을 받으며 존속해왔다.

허나 달도 차면 기우는 것.

균열의 조짐은 여러 군데서 이미 감지되고 있다. 기독교가 서구 세계를 사실상 지배했던 로마의 국교가 되지 않았더라면 오늘날과 같이 범세계적인 종교가 될 수 없었던 것처럼 결혼이라는 사랑의 제도도 미국이 없었더라면 이렇듯 오늘날까지 번성하지는 못했을 것이다.

지금은 미국도 결혼을 기피하는 사람들이 급증하는 추세지만 얼마 전만 해도 선진 공업국치고 미국처럼 대부분의 남녀가 결혼하는 나라도 드물었다. 이혼도 많았지만 재혼도 해변의 모래알만큼이나 흔했다.

미국처럼 사랑을 신봉하는 나라도 드물다. 물론 대부분 섹스를 위주로 한 육욕적인 사랑이 주류를 이루는 것이 문제지만……

사정이 이러다 보니 '지상에서 영원으로(From here to eternity)' 라는 작품으로 유명한 제임스 존스도 '섹스는 사랑을 희석시킨다(Sex dilutes love),' 라며 미국의 지나친 육욕적인 사랑에 대해 문제점을 지적한 바 있다.

아내가 톰 크루즈나 줄리아 로버츠에 마음을 빼앗길 수도 있고 한대수나 조덕배, 김광석을 좋아할 수도 있으며 대학시절의 가이 프렌드(단순한 이성 친구)와 가끔 전화 통화를 하는지도 모른다. 그러나 아내에게 조금만 더 자유를 준다면 갈등의 소지를 대부분 없앨 수 있을 것이다. 이들을 지나치게 옥죄면 꼭 탈이 나게 되어 있다.

이제는 결혼이라는 제도에 숨통을 트여 줄 필요가 있다.

정성을 들인 것만큼 사랑할 수 있다
It is the time you have wasted for your rose that makes your rose so important

빈말이라도 고마운 경우가 있기는 하지만 대개 말이란 정말 아무 것도 아니다. 상황에 따라선 공허한 공기의 떨림에 불과하다.

장미를 사랑한다면 그를 위해 물을 주고 시간을 함께 하지 않으면 안 된다. 어머니가 자녀를 아끼는 것은 당연하다. 그러기에 그가 성장하기까지 모든 편의를 다 제공한다.

남녀 사이도 마찬가지다.

서로에게 정성을 들이면 들일수록 사랑의 깊이는 더해간다. 사랑할수록 외로움이 더하다든지 공허함을 느낀다는 사람들도 있는데 이럴 땐 지나치게 이기적인 사랑을 하는 것이 아닌지 반성해 보아야 한다.

이기적이지 않은 사람이 어디 있으랴. 문제는 정도가 지나치지 말아야 한다는 데 있다. 사랑에 필연적으로 따르는 질투, 오해, 다툼, 열정 뒤의 냉정, 헌신, 교감rapport을 이해하지 못하고 사랑에 대한 막연한 환상에서 벗어나지 못하는 경우 사랑에 실망을 느끼게 된다. 연애는 흔히 천국과 지옥을 동시에 경험하는 것이라고 한다. 감정의 롤러 코스터에 몸을 맡기는 것과 마찬가지다.

가수에게 노래를 청할 때도 정성을 담아 신청해야 혼신을 다해 좋은 노래를 들려준다. 마치 나오코가 '노르웨이의 숲'을 정성스럽게 신청했더니 레이코 여사가 성의를 다해 연주했던 것과 마찬가지다.

사랑의 본질은 사람과의 관계 속에서 희열을 맛보고자 하는 것이며 일상적인 상거래와는 달리 주는 데서 기쁨을 느끼는 특징이 있다. 그래서 감당할 수 없는 사랑을 받을 때 사실 최대의 수혜자는 주는 사람이다.

촛불이 다른 초를 위해 불을 붙였다고 해서 불의 세기가 줄어들지 않는 것과 마찬가지로 다른 사람을 사랑했다고 해서 사랑이 메마르지는 않을 것이다. 심리학적으로 말하면 오히려 사랑이 학습됨으로써 더 세련되고 강화된 사랑이 가능하다. 사랑이 사랑을 낳는다는 표현이 그래서 나온 것이다.

결혼하기 어려운 진짜 이유
The reason for being difficult to marry

　지금 노년층의 젊은 시절 유행했던 노래의 가사 중에 '헤어지면 그립고 만나면 시들하고' 라는 내용이 있다. 요즘 세련된 가사와 비교하면 절로 웃음이 나오기도 한다.

　최근에 인기 있는 노래의 가사들을 보면 연애 감정을 워낙 정치하게 표현하고 있어 절로 감탄하게 된다. 한결같이 실제로 절절한 연애를 하지 않고서는 묘사하기 어려운 내용들이다.

　한편으로 생각하면 요즘은 연애하기가 과거보다 훨씬 힘들어졌다는 느낌도 든다.

　방적회사를 운영하는 집안의 자녀가 다른 계층의 사람들과 연애하면서 고뇌하는 장면을 그리는 것이 과거 연애를 주제로 한 영화의 전형적인 패턴이었지만 그것은 어디까지나 특정 계층의 일이었다. 대부분의 사람들은 그저 '사람만 착실하고' 이불 한 채와 숟가락만 있으면 운명이려니 하고 결혼을 했다.

　이와는 달리 요즘은 연애든 결혼이든 치밀한 계산을 통해 이루어지는 '거래' 가 많다. 그러다 보니 계산이 틀렸거나 속임수가 발견되었을 때, 따라서 결혼을 통해 '덕을 좀 보려던' 계획에 차질이 빚어지면 두 말 없이 결별을 선언하게 된다.

　결혼이라는 거래는 식당에 냅킨을 공급하는 사업과는 본질적으로 다르다. 조금 조건이 낮다고 해서 쉽게 거래가 이루어지지 않는다. 또 거래처가 하루아침에 바뀌지도 않는다. 현재의 시장 가치는 물론 미래의 잠재력도 고려해야 하니 쉬운 결정이 아니다. 잠재력도 확률의 게임일 뿐 기대처럼 수익을 안겨 주는 것도 아니다. 다른 사람들보다 확률적으로 더 나은 성공의 조건을 가졌다고 해서 계획대로 되는 것도 아니다. 변수가 워낙 많기 때문이다.

결혼이 조건만으로 이루어지면 위험한 이유가 여기에 있다.

이렇게 조건이 맞지 않아서 결혼이 성사되지 못하는 경우도 있지만, 아낙사레테(이피스의 간절한 사랑을 매정하게 거절한 여인)처럼 사랑의 마음이 전혀 없는 사람도 꽤 많아졌다. 점점 경쟁이 치열해지다 보니 현실적으로 도움이 되는 일 이외에는 눈을 돌리지 않으려는 심리 때문이리라.

사랑도 젊어서 해야
Gather roses while you may

　이십 세 전에는 대체로 사랑에 조건이 없어 그가 무엇을 하든, 어디 출신이든, 누구든(what he does, where he's from, who he is) 상관없지만 스무 살만 넘어도 조건이 점점 까다로워지기 시작한다.

　삼십대에는 일류라는 말이 입에 붙어 있고 사오십대는 사회 경제적인 조건을 늘 의식한다. 미모, 지능, 사회적 지위가 평등해지는 육십대가 되어서야 그런 조건들이 허망한 것임을 깨닫지만 안타깝게도 이때는 사랑을 하기 위한 육체적 정신적 열정은 많이 남아 있지 않다.

　사랑을 게임으로 즐기는 사람들은 다르다.

　너무 쉬운 목표, 승부를 예측할 수 있는 게임은 게임으로서 이미 의미를 상실한 것이다. 경험 많은 로돌프도, 비록 프랑스의 시골에 묻혀 있었지만 '천상의 여인' 이었던 엠마가 자신에게 완전히 몰두하는데다 함께 사랑의 도피 elopement를 하자고 제안하자 몇 주 미루더니 결별을 선언하고 다른 곳으로 피신해버렸다. 도도한 여자들은 그런 사람들 용이지 다른 할 일도 많은 보통 사람들에게는 필요치 않다. 그저 적당한 정도의 난이도를 가진 대상이 무난하다.

도도한 여자들(women playing hard to get)은 탐나긴 하지만 쉽게 가질 수 없고 가진다 해도 일시적으로 가능할 뿐만 아니라 큰 희생을 요구하는 부류들이다. 집시 같은 마음을 가진 사람들이다. 그래서 '장미의 낙원'에서도 천 명의 애인을 가진 여자에게 마음을 주는 것은 어리석은 일이라고 경고하고 있다. 그들도 분명 나와 마찬가지로 이 태양계 내에 있고 죽을 수밖에 없는 생명mortal이라는 동질감에 만족하면 되는 것이다.

미국까지 최단 시간에 가는 방법
The fastest way to get to USA

인천 공항에서 미국 서부까지 여객기로 가는데 약 10시간이 걸린다. 몇 번 다니다 보니 지루함을 더는 방법이 생겼다. 필자는 PDA를 잘 활용하는데다 기내식을 좋아하니 큰 어려움을 느끼지는 않고 있지만 결코 가까운 거리는 아니다.

처음 미국에 갈 때는 가도 가도 끝이 없고 태평양만 보였다. 우리가 어릴 때 한없이 큰 걸 가리켜 태평양이라고 한 적이 많았는데 그 비유가 틀리지 않다는 것을 깨달았다.

이를 최단 시간에 가는 방법은 무엇일까? 앞으로는 이 시간마저 절반 정도로 줄이겠다는 구상이 거의 현실화되고 있다.

그럼에도 정답은 자신이 좋아하는 사람과 함께 가는 것이다. 특히 만난 지 얼마 안된 연인 사이라면 더 좋을 것이다. 의학 전문기자로 알려진 홍혜걸 씨가 그의 아내와 데이트할 때 날이 밝는 줄도 모르고 통화한 적이 있다고 하는데 연애를 제대로 해본 사람이라면 누구나 공감할 것이다.

필자도 학교 근처인 노량진 역에서 아내의 집이었던 안양의 석수역까지 바래주었다가 다시 집이었던 회기 역까지 거의 매일 3년을 다녔는데 지금 내비게이션을 통해 계산해보니 승차시간만 78분이 걸린다. 사랑의 묘약이 아니고서는 충분한 돈을 준다 해도 할 수 없는 일이 아닌가 생각한다.

아인슈타인이 그의 상대성 이론을 다음과 같이 알기 쉽게 설명한 적이 있다. "뜨거운 난로 위에 손을 대고 있으면 일 분도 한 시간처럼 느껴진다. 그러나 예쁜 아가씨와 함께 있으면 한 시간도 일 분처럼 느껴지는 것이 바로 상대성 원리다."

영겁에 비하면 우리의 인생은 그저 잠시 스치는 바람이며 우주 공간에 잠시 머무는 것에 불과하다. 그러나 하루살이나 일년생 화초에 비하면 긴 시간이라고 할 수도 있다. 훌륭한 동반자와 함께 하면 매일 매일이 즐거운 나날이 되는 반면 그렇지 않으면 영겁의 시간처럼 느껴질 수도 있는 것이다.

미묘한 단서에 주목하자
Pay attention to the subtle clue

홀륭한 부부 관계의 핵심은 감정적인 균형emotional balance을 어떻게 잘 관리하고 유지하느냐에 달렸다고 봐도 지나친 말이 아니다.

부부 사이에 문제가 생길 때는 보통 말로 표현한다. 그러나 귀를 잘 기울이지 않다 보면 말을 하지 않게 되고 좋지 않은 에너지가 쌓이게 된다. 시간이 지나면 이것은 엄청난 폭발력을 갖는다.

남의 말을 잘 경청하는 사람은 태어나는 것이 아니다. 만들어지는 것이다. 인간의 가장 기본적인 욕망 중의 하나는 남을 이해하고 남에게 이해되는 것이다.

샤를 보바리가 저지른 최대의 실수는 엠마가 자신에게 싫증내는 줄도 모르고 마냥 행복해 하는 줄 알았던 것과 아내의 취향에 맞추는 일을 전혀 하지 않은 것이었다.

엠마에게도 문제가 없었던 것은 물론 아니다. 남자라면 모든 일에 능해야 하고 여자를 불 속으로 끌어들일 만한 능력이 있어야 한다는 까다로운 조건을 가지니 시골 의사로서는 감당하기 힘든 여자다. 의학서적이나 뒤적거리는 남편에 만족을 못하고 주변의 미남에게 추파를 던졌으니 말이다. 체호프의 귀여운 여인 올렌까 같았으면 수술비용이 많이 나오는 환자를 유치하기 위해 자신의 병원을 적극적으로 홍보하고, 웬만한 가정 의학과 의사를 능가하는 의학지식을 가졌을지도 모른다.

사랑은 화초와 같다
Love is like plant

　세상의 많은 것들은 저절로 흘러가게 되어 있다.

　들판의 나무가 그렇고 논과 밭의 곡식이 그렇다. 물론 식물 자신의 끈질긴 생명력이 그 원천이긴 하지만 적어도 외견상으론 나름대로의 질서에 따라 일들이 이루어지고 있다.

　사랑은 이와 다르다. 자신의 집안에 들여놓은 화분의 화초와 같다. 일단 자신의 영역에 들어온 화초는 모든 것이 스스로 해결되던 때와는 다르다. 적절한 시기에 영양분도 공급해 주고 물도 줘야 하며 아침에는 발코니에 내놓아 햇볕도 쬐어야 한다.

　특히 사랑이란 이성의 감춰진 매력을 발견해 그것을 아끼고 인정해주는 가치 있는 작업이다. 독신이 늘어나는 것은 사람들의 심리 기저에 이러한 부담을 지고 싶지 않은 마음이 깔려 있기 때문일지도 모른다.

　인연이 많아질수록 그에 따른 감정적인 빚은 물론 그의 고통이 나의 고통이 되는 수도 적지 않다. 불가에서 속세와 '인연'을 끊고자 했던 이유가 이러한 고통의 근원을 근본적으로 차단하려는 뜻이 아니었나 싶다.

　사람들을 자세히 관찰해보면 누구나 인간적인 매력을 가지고 있다. 뇌신경이 장애를 일으켜 극악무도한 범죄를 저지르는 사람도 매우 드물게 있지만 대부분은 좋은 사람들이다.

2006년에 들어서야 민들레를 유심히 보게 되었고 그 아름다움에 푹 빠져 버렸다. 민들레꽃에 감탄하고 시간을 내 관찰한다는 것은 어찌 보면 그에게 탐닉하고 가볍게 집착하는 것일 수도 있다. 그러나 병적인 정도만 아니라면 집착은 큰 즐거움이다. 끈질긴 노력과 집중 없이 가치 있는 것들을 얻기란 이 냉혹한 현실의 세계에선 어림없는 일이다.

긍정적인 집착은 괴로움이 아니라 인생의 즐거움이다. 이제 곧 마지막 민들레꽃도 진다. 다년생 식물이니 만큼 내년 봄이면 어김없이 우리를 반갑게 맞이할 것이며 그가 아니면 그의 후손들이 그 역할을 대신할 것이다.

동물이나 식물의 주검을 많이 보았지만 민들레꽃처럼 멋있게 산화하는 것을 일찍이 본 적이 없다. 다음 터전을 위해 머지않아 구름처럼 변신한 자태로 바람을 기다리고 있을 것이다.